共和国故事

祖国寄托
——中国共产主义青年团正式命名

陈栎宇 编写

吉林出版集团股份有限公司

图书在版编目（CIP）数据

祖国寄托：中国共产主义青年团正式命名/陈栎宇编．—
长春：吉林出版集团股份有限公司，2009.12
　（共和国故事）
　ISBN 978-7-5463-1740-3

Ⅰ.①祖… Ⅱ.①陈… Ⅲ.①纪实文学－中国－当代 Ⅳ.①I25

中国版本图书馆 CIP 数据核字（2009）第 237758 号

祖国寄托——中国共产主义青年团正式命名
ZUGUO JITUO　ZHONGGUO GONGCHAN ZHUYI QINGNIANTUAN ZHENGSHI MINGMING

编写　陈栎宇	
责任编辑　祖航　息望　林琳	
出版发行　吉林出版集团股份有限公司	
印刷　三河市嵩川印刷有限公司	
版次　2010 年 1 月第 1 版	2022 年 1 月第 12 次印刷
开本　710mm×1000mm　1/16	印张　8　字数　69 千
书号　ISBN 978-7-5463-1740-3	定价　29.80 元
社址　吉林省长春市福祉大路 5788 号	
电话　0431－81629968	
电子邮箱　tuzi8818@126.com	
版权所有　翻印必究	
如有印装质量问题，请寄本社退换	

前　言

　　自1949年10月1日中华人民共和国成立至今,新中国已走过了60年的风雨历程。历史是一面镜子,我们可以从多视角、多侧面对其进行解读。然而有一点是可以肯定的,那就是,半个多世纪以来,在中国共产党的领导下,中国的政治、经济、军事、外交、文化、教育、科技、社会、民生等领域,都发生了深刻的变化,中国人民站起来了,中华民族已屹立于世界民族之林。

　　60年是短暂的,但这60年带给中国的却是极不平凡的。60年的神州大地经历了沧桑巨变。从开国大典到60年国庆盛典,从经济战线上的三大战役到经济总量居世界第三位,从对农业、手工业、资本主义工商业的三大改造到社会主义市场经济体制的基本确立,从宜将剩勇追穷寇到建立了强大的国防军,从废除一切不平等条约到独立自主的和平外交政策,从"双百"方针到体制改革后的文化事业欣欣向荣,从扫除文盲到实施科教兴国战略建设新型国家,从翻身解放到实现小康社会,凡此种种,中国人民在每个领域无不留下发展的足迹,写就不朽的诗篇。

　　60年的时间在历史的长河中可谓沧海一粟。其间究竟发生了些什么,怎样发生的,过程怎样,结果如何,却非人人都清楚知道的。对此,亲身经历者或可鲜活如昨,但对后来者来说却可能只是一个概念,对某段历史的记忆影像或不存在,或是模糊的。基于此,为了让年轻人,特别是青少年永远铭记共和国这段不朽的历史,我们推出了这套《共和国故事》。

《共和国故事》虽为故事,但却与戏说无关,我们不过是想借助通俗、富于感染力的文字记录这段历史。在丛书的谋篇布局上,我们尽量选取各个时代具有代表性或深具普遍意义的若干事件加以叙述,使其能反映共和国发展的全景和脉络。为了使题目的设置不至于因大而空,我们着眼于每一重大历史事件的缘起、过程、结局、时间、地点、人物等,抓住点滴和些许小事,力求通透。

历史是复杂的,事态的发展因素也是多方面的。由于叙述者的视角、文化构成不同,对事件的认知或有不足,但这不会影响我们对整个历史事件的判断和思考,至于它能否清晰地表达出我们编辑这套书的本意,那只能交给读者去评判了。

这套丛书可谓是一部书写红色记忆的读物,它对于了解共和国的历史、中国共产党的英明领导和中国人民的伟大实践都是不可或缺的。同时,这套丛书又是一套普及性读物,既针对重点阅读人群,也适宜在全民中推广。相信它必将在我国开展的全民阅读活动中发挥大的作用,成为装备中小学图书馆、农家书屋、社区书屋、机关及企事业单位职工图书室、连队图书室等的重点选择对象。

编　者
2010 年 1 月

目录

一、新民主主义时期

青年团正式成立/002

支援抗美援朝/013

开展增产节约运动/024

开展监督岗活动/029

宣传过渡时期总路线/034

开展突击队活动/037

开展劳动教育活动/046

开展道德教育活动/051

开展业余文化活动/054

开展扫盲活动/058

开展为祖国建设立功活动/065

开展植树造林活动/068

开展向科学进军活动/075

团结教育工商界青年/082

二、社会主义建设时期

第三次团代会开幕/086

命名共青团通过新章程/093

  开展学习雷锋活动/097
三、共青团的光辉象征
  共青团团旗的诞生/106
  共青团团徽的设计/108
  共青团团歌的选定/113
  共青团节日的确定/117

一、新民主主义时期

- 毛泽东亲笔为大会题词:"同各界青年一起,领导他们,加强学习,发展生产。"

- 那天晚上,炮声隆隆,硝烟弥漫,志愿军与敌人展开了激烈的争夺战。

- 李九德常常说:"我今天的幸福生活以及我的一切,都是党给我的。党给了我那么多,但是我对党的贡献却很少,以后我一定要更好地听党的话,多多向群众学习,为祖国的社会主义建设贡献出一切力量。"

青年团正式成立

1949年4月11日至18日，中国新民主主义青年团在北平召开第一次全国代表大会。

这次会议宣告了中国新民主主义青年团正式成立。这是青年团按照不同时期的任务而进行的第三次更名。按照新中国成立前青年团代表大会总的排列顺序，这次大会是青年团第六次全国代表大会。

青年团最初的名称叫中国社会主义青年团，是在1919年五四运动后的1920年创建的。

五四运动后，马列主义在青年中的广泛传播，为建团做了思想上的准备。在五四运动斗争中锻炼出了一批革命青年，为建团做了组织上的准备。共产主义小组的成立，使建团有了直接的领导。

1920年8月，在共产国际的帮助下，中国工人阶级最密集的中心城市上海首先建立了共产主义小组。在这个党的早期组织的筹建过程中，共产党的发起人李大钊等人就对发展中国青年运动、在青年中培养和挑选预备党员的工作给予了极大的关注。因此，上海共产主义小组一成立，小组内最年轻的成员俞秀松便被指派组建社会主义青年团。

1920年8月22日，上海社会主义青年团由俞秀松、施存统等8人正式发起建立。俞秀松担任书记，团机关设在当时上海法租界霞飞路渔阳里6号。

继上海青年团早期组织成立之后，1920年秋至1921年春，北京、武汉、广州、长沙等地的革命青年分别在李大钊、董必武、谭平山、毛泽东等人的领导下，也在当地建立了社会主义青年团的早期组织。

这些团的早期组织在当地共产主义小组的领导下，开展革命工作，具体贯彻落实党组织决定的各项工作任务，积极发展党、团组织，向广大人民群众宣传马克思主义观点和党的各种主张，大力推进中国民族解放运动的开展。

1921年7月，中国共产党一成立，就立即研究了在各地建立和发展社会主义青年团，并且将它作为党的预备学校的问题，派出了许多党员去加强对各地团的早期组织的领导工作。在党的指导、帮助和关怀下，推动了建团工作发展。

从1921年11月到1922年5月，全国有17个城市建立了地方青年团组织，团员总数5000多人。

就在国内的青年团组织迅速发展的时候，在欧洲还有这样一群中国的年轻人，他们为拯救祖国而背井离乡，他们为寻求真理而客居异邦；共同的志向使得他们走到了一起，共同的志向使得他们高扬起青春的旗帜。

他们在法国创建了"旅欧中国共产主义青年团"，并且在得知国内青年团组织正式建立后，立即要求加入中国社会主义青年团。他们当中就有周恩来、邓小平等为当代人所熟知的老一辈无产阶级革命家。

1922年5月5日，是无产阶级革命导师马克思诞辰104周年纪念日。中国社会主义青年团第一次全国代表大会在广州市东园隆重开幕。

出席会议开幕式的代表和来宾总人数达1500多人。中共领导人陈独秀、青年共产国际代表达林在开幕式上发表了演说。大会共开了6天，举行了8次会议，于5月10日胜利闭幕。

会议完成了青年团的创建工作，通过了团的纲领和章程，并且一致决议中国社会主义青年团加入青年共产国际。会议选举高君宇、施存统、张太雷、蔡和森、俞秀松5人为团中央执行委员会委员。施存统被团中央执行委员会推选为书记。至此，中国的青年团组织实现了思想上和组织上的完全统一，中国青年运动从此有了自己的核心。

在青年团一大召开的时候，中国工人运动已经形成第一次高潮，因此青年团正式成立后，立即带领各地的团员和青年积极投身到工人运动之中。

在著名的"安源路矿工人罢工"和"二七大罢工"中，青年团员和青年始终站在斗争的最前列，黄爱、庞人铨则是新民主主义革命时期最早为工人运动献身的烈士。中国工人运动的高潮为中国青年团洗礼，中国青年团组织在工人运动的高潮中成长。

1923年6月，中共三大确定了国共合作的方针，在8月20日至25日，青年团马上在南京召开了中国社会主义青年团第二次全国代表大会。大会明确宣布，坚决拥护中共三大所确定的建立统一战线的方针，青年团要努力协助中国共产党做好推进国民革命运动的工作。

大会闭幕后，青年团在党的领导下积极带领团员和青年参加帮助国民党的改组工作，选派团员和青年共产党员到黄埔军校和农民讲习所学习。

1924年5月，黄埔军校第一期开学，在500余名学员中有1/10的学员是青年团员或青年共产党员。曾经是旅欧青年团书记，年仅27岁的周恩来在黄埔军校担任政治部主任。由彭湃和毛泽东主持的广州农民运动讲习所的学员全是18至28岁的青年，其中许多人是青年团员或共产党员。

青年团五大召开后，团组织逐渐实现了工作方针的根本转变。从此，团的工作开始适应土地革命和创建革命根据地任务的要求，重新走上了健康的发展道路。

青年团五大以后，在国民党统治区以学生运动为先导的青年运动日趋活跃，青年团组织也得到了很快的恢复和发展。在革命根据地，随着地域的扩大，青年团组织也迅速壮大，到1930年10月，根据地团员数量达到10万人，青年团直接领导的青年半武装组织"少年先锋队"也得到迅速发展。

正当中国革命形势迅速发展的时候，日本帝国主义发动了"九一八事变",妄图变中国为日本的殖民地。在此事关民族危亡的时刻,国民党蒋介石政权奉行"攘外必先安内"的妥协卖国政策,残酷镇压中国革命,疯狂"围剿"革命根据地。

在革命根据地前四次反"围剿"斗争中,青年团组织发挥了先锋和得力助手的作用。各根据地的团组织积极组织青年参军、参战,发展生产,打破封锁,支持前线,成为根据地各方面工作的英勇突击队。

1933年8月成立的"少共国际师"用光辉的战绩,让青年团彪炳青史。"共产青年团礼拜六"用拥军优属、发展生产的实在成绩,给青年团留下了光荣传统。

在后来的中国工农红军二万五千里长征的漫漫征程中,每当遇到艰难险阻时,青年团员总是和共产党员一起挺身而出,承担艰巨的任务。

1935年11月,为适应抗日民族统一战线的要求,团中央于1935年12月发布了《为抗日救国告全国各校学生和各界青年同胞宣言》,宣布改造自己的组织为抗日救国群众性的青年团体,接着全国各地先后建立了中华民族解放先锋队和青年抗日先锋队等青年抗日救国团体。

1937年4月12日至17日,西北青年第一次救国代表大会在延安举行,正式成立了由冯文彬担任主任的西北青年救国联合会。在全面抗战开始后,共产党领导下的各个抗日根据地都普遍建立了青年救国会组织。

在各个抗日根据地,普遍建立的青救会组织在共产党的领导下，带领青年投身抗日游击战争，发展生产，参加民主政权建设和文化建设等根据地的各方面工作，并在其中发挥重要的生力军作用，使广大青少年成为完成抗日战争各项任务的一支重要的方面军。

在各敌后抗日根据地活跃着各种青年抗日武装，如青年抗日先锋队、抗日青年队、青年游击小组等。他们积极配合正规部队开展游击战，给侵略者以沉重的打击。

在根据地的政权建设中，青年也是一支重要的力量。据晋察冀根据地6个县的统计，青年在区级参议员中占34.8%，在县级参议员中占37.8%，担任县长的占40.8%，可见一斑。

在抗日根据地的文化建设中，青年人更是一支活跃的力量。在青救会的组织领导下，广大青年组织了秧歌队、剧团、识字班等，有效地促进了根据地文化工作的发展。青救会开办的安吴青训班、毛泽东青干校则成为培养青年干部的基地。

毛泽东在1939年5月4日曾发表著名讲演《青年运动的方向》，高度评价了抗日根据地的青年工作，阐述了他们为夺取抗日战争的最后胜利作出的重要贡献。

在整个抗日战争时期，虽然青年团组织被改造，但是，党领导下青年工作和青年组织的工作并没有中断。党通过这一时期领导青年抗日救亡组织的实践，积累了丰富的群众工作经验，极大地丰富了青年团的工作理论和指导思想，为后来青年团组织的进一步发展奠定了坚实的基础。

全国广大青年及其他各界人民群众紧密团结在中国共产党倡导的抗日民族统一战线的旗帜下，经过8年艰苦卓绝的斗争，终于在1945年8月迎来了抗日战争的胜利。

但是，1946年6月下旬开始，国民党军队向共产党领导的解放区大举进攻。新的历史使命再一次向中国青年发出了召唤，党也对青年寄予了殷切的希望。

因此，在1946年8月26日和9月13日中共中央书记处两次召开工作会议，专门讨论关于建立青年团的问题，最后形成了一致的意见：通过试点，取得经验，根据中国革命形势和任务的要求建立一个统一的、全国性的青年团组织。

会后，在中共中央书记处书记任弼时的主持下，拟定了《中共中央关于建立民主青年团的提议》，并且在1946年12月5日向各个解放区发出。

在这个"提议"向各解放区发出之前，从1946年9月下旬开始，中共中央青委便根据中央书记处工作会议的精神，在延安地区选点开展试验建团工作。

1946年10月以后，在延安的冯庄诞生了全国重建青年团的第一个农村团支部；在延安丰足火柴厂诞生了全国重建青年团的第一个工厂团支部；在延安的行知中学诞生了全国重建青年团的第一个学校团支部，这也是人民解放军中的第一个团支部。

青年团在延安地区试建的成功，推进了各解放区的青年团试建工作。随着"提议"的正式下发，在各解放区都开始了择地试建青年团的工作。

在1946年12月24日，正式建立的山东省莒南县金沟官庄团支部是山东省重建青年团的第一个团支部，同时，也是解放区试建青年团工作中产生较早的团支部。

伴随着解放区军民自卫战争的不断胜利和人民解放战争的发展，在群众运动发生和发展过程中，一些受共产党影响或领导的民主青年同盟、新民主主义青年社、民主青年协会等进步青年组织得到发展和壮大。

1947年7月至9月，中共中央工作委员会在河北省平山县西柏坡村召开全国土地会议，以推动解放区土地改革运动的进一步发展。

在土地会议及与之相伴召开的全国解放区青年工作代表会议上，中共中央书记处书记刘少奇代表党中央明确提出"在土改中把青年团下层组织形成起来"，要求各解放区在土地改革中扩大团的试建工作。

此后，随着土地改革运动的深入开展，试建青年团工作在各解放区广泛开展起来，基层团组织得到较快发展，同时在土地改革中发挥了重要作用。

1948年秋，人民解放战争开始进入夺取全国胜利的战略决战阶段。9月，中共中央在西柏坡召开了政治局扩大会议，为夺取革命在全国的胜利做思想、政治、组织上的准备。在这次重要的会议上，也作出了在1949年上半年召开全国青年代表大会、成立全国青年联合会和正式建立新民主主义青年团的决定。

新的形势和任务要求建立青年团工作加快步伐。为此，党中央决定创办中央团校，着手培训青年工作干部。

1948年9月，中央团校在河北省平山县两河村正式开学，第一期学员488人在小山村的树林中，席地而坐，以膝盖当书桌，开始了从事青年团工作前的理论学习生活，从他们当中走出了新中国第一批经过专门培训的青年团干部。

在开办中央团校的同时，为适应青年团思想教育工作的需要，中共中央还决定开始《中国青年》杂志的复刊筹备工作。1948年12月20日复刊后的第一期《中国青年》出版发行，受到各界青年的普遍欢迎。

1949年元旦，中共中央正式发出《关于建立中国新民主主义青年团的决议》，同时还公布了《中国新民主主义青年团团章草案》。

2月18日，以中共中央书记处书记任弼时为主任的中国新民主主义青年团筹备委员会宣布成立，并且在当天立即召开了筹委会常务委员会议，开始了筹备新民主主义青年团第一次全国代表大会的工作。

1949年4月11日至18日，中国新民主主义青年团第一次全国代表大会在刚刚解放的北平隆重举行。

出席中国新民主主义青年团第一次全国代表大会的代表有战斗英雄、劳动模范、优秀学生及中国青年运动各个历史时期的青年代表共 340 人，其中正式代表 323 人，列席代表 17 人，代表全国 19 万团员。

党中央十分重视这次会议，会议开幕时特地向大会发出贺电，指出："过去和现在的经验都证明，青年团是党的有价值的助手和后备军。"

毛泽东不仅在驻地北平香山亲切地会见了部分会议代表，还亲笔为大会题词："同各界青年一起，领导他们，加强学习，发展生产。"

人民解放军总司令朱德出席了大会的开幕式、闭幕式，并且发表了热情洋溢的讲话，同时还为大会题词：

> 由于人民解放战争即将在全国范围内取得完全胜利，领导青年群众积极参加恢复和发展工业与农业生产，已日益成为新民主主义青年团的头等重要的任务。

党中央书记处书记周恩来为大会代表作了《全国青年团结起来，在毛泽东的旗帜下前进》的重要报告，号召全国青年"学习毛泽东"。强调青年团要有一个好作风，要谦虚，要搞大圈子，要团结广大人民群众一道前进。

党中央书记处书记任弼时代表党中央向大会作了政治报告。他结合当时全党和全国人民所面临的形势和任务，以及五四运动以来中国青年运动的经验和教训，全面阐述了青年运动的指导方针、青年运动的方向和团的任务。在会上，鉴于任弼时为中国青年运动和青年团组织作出了卓越的贡献，参会代表一致同意请任弼时担任中国新民主主义青年团中央名誉主席。

这次大会还分别听取了中国新民主主义青年团筹委会副主任冯文彬、蒋南翔所作的工作报告和关于团章的报告。

经过8天的会议，大会圆满完成了预定任务，在通过了团的工作纲领和章程，以及关于团的任务与工作报告、大会结论等决议，选出了中国新民主主义青年团第一届中央委员会后宣告胜利闭幕。

中国新民主主义青年团一大的召开，标志着中国新民主主义青年团的正式建立。从此，中国青年运动又有了自己的核心组织，进入了一个新的历史发展时期。

1949年10月1日，五星红旗在天安门广场冉冉升起，中华人民共和国在庄严的礼炮声中诞生了。中国青年团组织从此也开始了新的征程。

支援抗美援朝

1950年6月,朝鲜战争爆发。为了抗击美帝国主义的侵略,支援朝鲜人民的反侵略斗争,中国人民响应党中央的号召,于当年10月掀起了轰轰烈烈的抗美援朝活动。

青年团在各地学生中,组织了时事报告、座谈会、讨论会,普遍展开了时事学习的热潮,许多地区的学生结合自己的亲身体验展开了对美帝国主义的控诉活动。

在学生觉悟程度逐步提高的基础上,许多学生组织起来,成立了各种各样群众性的战斗队进行了各种各样的爱国活动。大批学生向工厂农村和一般市民进行宣传。

在抗美援朝运动以前,许多学生认为"美国是天堂,一切东西都好",学生普遍对美国原子弹存有恐惧,对出兵朝鲜没有信心,"听到出志愿兵时,简直不敢往下想了"。

经过时事学习和对美帝国主义展开控诉以后,大家普遍认识到:"美国文化侵略的目的是为了使我们形成自卑心理,使我们丧失上进心和战斗意志,以便他们奴役统治","美国兵在中国的种种暴行是与美帝国主义的侵略本质分不开的"。

许多学生在反省批判自己过去的各种错误思想时,

激动得痛哭流涕，觉得"今天我们才回到祖国的怀抱里来了"。

据北京一地不完全的统计，先后共有3万多大中学生到全市各区、各工厂及郊区80%的农村进行了时事宣传。许多学生自发地写决心书要求报名参加志愿军，赴朝鲜作战。

同一时期内，各地学生缝制棉衣、手套、慰问袋，捐款、捐子弹、手榴弹及写慰问信，普遍展开了慰问朝鲜人民军与中国人民志愿军的工作。

东北离前线最近，由于形势的需要，大批学生直接参加了战勤工作。自1950年9月至12月，动员参加军事干部学校、各种战争工作及地方工作的学生有4万人左右。留校的广大学生亦组织了慰问队、输血队、纠察队等，执行一定的战勤任务。

1950年12月1日，中央人民政府军事委员会及政务院发布了招收青年学生、工人参加军事干部学校的联合通知。

12月2日，青年团中央和全国学生联合会分别发出告全体团员和同学书，号召广大青年工人和学生积极行动起来，献身祖国，参加各种军事干部学校，学习军事科学与军事技术，为国防事业贡献青春。

这一号召得到全国学生空前热烈的响应。在继续扩大与深入时事学习、控诉美帝国主义的基础上，开展了轰轰烈烈的参加军干校运动。

为了迎接这一伟大爱国行动，许多地区结合"一二·九""一二·一"纪念，召开了学生代表大会，举行了游行示威运动。

许多地区的学生邀请了陆海空军的代表到学校中来作报告，介绍军队生活情况，组织了介绍军队生活和英勇战斗故事的电影晚会。根据自愿的原则，各地学生热烈地参加军事干部学校，报名人数远远超过了规定名额。全国报名学生数总计在 25 万以上。

广大青年在踊跃报名保卫国家的同时，还积极支援前线，确保战场的后勤需要。在抗美援朝战争的第一年里，有 3440 名团员和 2671 名青年参加了志愿运输队。

广大青年还自觉做好日常本职工作为抗美援朝作贡献，积极参加为志愿军捐献飞机大炮活动，"中国青年号""中国学生号""中国少年儿童号"飞机就凝聚了广大青少年纯真的爱国情感。

三个月，全国 80% 以上的学校均在不同程度上参加了抗美援朝运动，约有 120 万的学生在这次运动中受到教育。其规模之大，在中国学生运动史上是空前的。这一运动有力地支援了抗美援朝、保家卫国的斗争，推进了国防现代化的进程。

在动员工作中，青年党员和团员起了很好的表率作用。被军事院校录取的人中，有 35% ~ 40% 的人是党团员。

青年团深入、扎实的思想教育工作收到了良好的效果。广大学生在这次爱国运动中,克服了亲美、崇美、恐美的思想,大大提高了民族自尊心和自信心。

许多学生在看到赴朝志愿军胜利的消息后,回忆起近百年中国的历史,感到"现在中国的国际地位刚好是个大翻身","中国真的站起来了"。许多学生进一步理解了祖国制度的优越性,认识到"没有祖国就没有一切",感到"祖国的命运与自己的前途从来没有像今天这样密切地联系在一起"。

广大团员在抗美援朝爱国运动中进一步认识了团的先进性,开始认识到服从祖国的需要,到祖国所需要的任何工作岗位上去,是青年团员的光荣责任。

团员不仅应该在学习上模范带头,还应该带动同学做好一切必需的社会政治工作。团员的光荣称号成为积极工作,带动群众克服困难,努力前进的莫大鼓励和推动力量。

在朝鲜战场上,志愿军中的青年指战员英勇顽强地战斗在最前线,用骄人的战绩和高尚的情操谱写了辉煌壮丽的青春之歌。黄继光、邱少云、罗盛教是他们光荣的代表。

朝鲜志愿军特级战斗英雄黄继光是四川省中江县人。1931年1月8日,黄继光出生在一个贫农家里。他幼年丧父,家境贫苦。1949年,黄继光的家乡解放了,他积级参加了农协会和民兵。

抗美援朝战争爆发后,1951年3月,黄继光毅然参加了中国人民志愿军。

当要离开家乡的时候,母亲高兴地把一朵大红花戴到了他的胸前,并对他说:"到了朝鲜,要多多杀敌,报答祖国和人民。"

黄继光带着母亲的嘱托和人民的期望,来到了朝鲜前线,被分配到志愿军第十五军四十五师一三五团二营当通信员。

虽然是当通信员,黄继光时刻想着要多学本领,刻苦地锻炼自己。他工作积极,学习认真,进步很快。1952年7月25日,黄继光光荣地加入了中国新民主主义青年团。

1952年10月14日,美国侵略军开始向上甘岭597.9和537.7北山高地发动疯狂进攻。

上甘岭是志愿军中线的大门,尤其是上甘岭地区北山的两个高地,像楔子一样打入敌人阵地前沿,给敌人造成极大威胁。敌人在这不到4平方公里的上甘岭小高地上,动用了两个多师的兵力,在大量的飞机、坦克和大炮配合下,连续向537.7高地和597.9高地疯狂进攻。

那天晚上,炮声隆隆,硝烟弥漫,志愿军与敌人展开了激烈的争夺战。

黄继光在战斗打响后,担负在炮火下送信、传达命令、接电话线、背伤员的任务,在敌人的炮火封锁下度过了4天4夜。

10月19日晚,黄继光所在营奉命向上甘岭右翼

597.9高地反击。六连奉命事先夺下6号阵地,再夺取5号、4号阵地,必须在天亮以前拿下0号阵地,为整个反击战的胜利奠定基础。

战斗开始后,进展情况比预想的要顺利。这时,突然发现山顶上有一个敌人的集团火力点,使志愿军部队受到压制不能前进。营参谋长立即命令六连必须炸掉它,同时组织爆破组。

从19时30分到22时30分,六连已经向敌人发起了5次冲锋,仍未摧毁敌人的火力点,许多战士都已经壮烈牺牲。时间一点点过去,离天亮只有40多分钟了,不拿下0号阵地,就等于没有按计划完成战斗任务,整个反击战的胜利就会受到影响。

在这关键时刻,站在参谋长身旁的黄继光站出来坚定地要求:"把任务给我吧,只要我有一口气,我保证完成任务。"

参谋长非常信任地对黄继光说:"黄继光,这次任务就交给你,现在我命令你为第六连第六班代理班长!一定要完成任务!"

接受任务后,黄继光立即提上手雷,带领两名战友向敌人的火力点爬去。他们借照明弹的亮光巧妙地前进,开始敌人没有发现他们,但当离敌人火力点不到50米的地方被发现了,无数条机枪喷射出来的火舌,扫向他们隐蔽的地方,一名战士不幸牺牲,另外一名身负重伤。

黄继光的左臂也受了伤,血流如注,但是,他仍然艰难地向敌人中心火力点前进。

只剩下八九米的时候，他挺起胸膛，举起右手向敌人投去手雷。但是，由于火力点太大，只炸毁了半边，未被炸毁的两挺机枪，又从残存的射击孔里伸出来，死命地吼叫着，志愿军的冲锋再次受阻。黄继光再次受伤倒下。

这时，天就要亮了，40分钟的期限就要到了，黄继光跃身而起，冲着那狂喷火舌的枪口，冲着那侵略者的顽固堡垒，挺起胸膛，张开双臂，扑了上去……

正在喷吐的火舌突然熄灭，正在死命吼叫的机枪哑然失声，黄继光用他那年轻的生命，开辟了志愿军胜利前进的道路。

霎时，担任攻击任务的战友们，像离弦的箭一样冲了出去，高声呼喊："冲啊！为黄继光报仇！"他们踏着黄继光爬行的道路，很快占领了0号阵地，守在高地上面的敌军两个营1200多人，全部被歼灭。

为了表彰黄继光的伟大精神和不朽功勋，志愿军司令员彭德怀发布命令，为黄继光追记特等功一次，并授予"特级英雄"称号。中国共产党志愿军第十五军委员会在追认他为"模范团员"的同时，追认黄继光为中国共产党党员。朝鲜民主主义人民共和国最高人民会议常任委员会追授黄继光"朝鲜民主主义人民共和国英雄"称号，同时追授他金星奖章和一级国旗勋章。

黄继光的名字和光荣事迹铭刻在上甘岭背后的五圣

山上，英雄的壮举和不朽的业绩，像巍然屹立的五圣山永世长存。

志愿军英雄邱少云，生于四川铜梁，1949年12月参加中国人民解放军。1951年3月，邱少云加入中国人民志愿军。在朝鲜战场上，邱少云曾于烈火中抢救人民生命财产，冒险排除定时炸弹。

1952年10月中旬，在朝鲜反击占领的金化以西391高地的战斗中，邱少云和全排战友奉命于夜间潜伏在距敌60多米处的山脚，配合大部队对敌人发动突然袭击。

第二天中午，敌人的燃烧弹引燃了邱少云身边的草丛，这时，他只需打滚翻身即可避免烧身。但是，为了避免暴露目标，邱少云严守潜伏纪律，忍受着烈火烧身的剧痛，坚持不动，直至壮烈牺牲，保证了整个战斗的胜利。

战后，邱少云被部队党委追认为中共正式党员。同年11月6日，中国人民志愿军领导机关为他追记特等功。

1953年3月，邱少云被安葬在沈阳市志愿军陵园。6月1日，他被授予"中国人民志愿军一级英雄"称号，6月25日，又荣获"朝鲜民主主义人民共和国英雄"称号及金星奖章、一级国旗勋章。后来，四川省铜梁县为邱少云建立了烈士纪念馆、烈士纪念碑。

志愿军英雄罗盛教，1931年出生于湖南新化一个贫苦农民家庭。

1949年11月，湘西重镇沅陵获得解放后，罗盛教邀集几位同学步行来到沅陵，参加中国人民解放军。1950年7月，加入中国新民主主义青年团。1951年4月，罗盛教随部队参加抗美援朝战争。

在朝鲜的日子里，罗盛教时时感到朝鲜人民的深情厚谊，他和驻地平安南道成川郡石田里的老乡们结下了深厚的友谊。他经常帮房东大妈担水、劈柴，乡亲们都夸奖罗盛教是好样的。

1952年1月2日清晨，罗盛教和战友宋惠云一起去河边练习投掷榴弹。正值隆冬季节，河面已被厚厚的冰雪盖住，几个儿童正在滑冰，笑声阵阵。

忽然，传来了呼救声，有人掉进冰窟窿了！罗盛教抓起帽子，往地上一扔，就冲了过去。他一边跑一边飞快地脱掉身上的衣服，接着跳进冰河里。过了好一会儿，罗盛教才浮出河面，深深吸了口气，又钻进水里。

又过了一会儿，罗盛教终于将落水的孩子托出水面。当那少年两臂扒住冰面往上爬时，突然，哗啦一声，冰又塌了，少年连人带冰又落入水中。

这时，罗盛教全身已冻得发紫，体力已消耗殆尽，但是，他却又一次潜入水中，好久，才用头和肩将少年顶出水面。这时宋惠云已将一根电线杆拖到河边，少年抱住电线杆被拉上了岸。

此时，人们急切地等待着罗盛教，然而，他却再也没有上来。为了救落水的朝鲜儿童，罗盛教英勇牺牲。

1952年2月，罗盛教被中国人民志愿军总部追记特等功,追授"一级爱民模范"称号。同年4月,罗盛教被青年团中央追认为"模范青年团员"。1953年6月,罗盛教被朝鲜民主主义人民共和国最高人民会议常任委员会追授一级国旗勋章和一级战士荣誉勋章。

朝鲜人民为罗盛教建立了纪念亭和纪念碑,碑上刻着金日成的题词:"罗盛教烈士的国际主义精神与朝鲜人民永远共存!"

志愿军战斗英雄许家朋,是安徽绩溪人。许家朋从小受革命思潮影响,常替游击队搜集情报。1951年5月,他参加了中国人民解放军,分配在皖南警卫队。这期间,由于刻苦学习文化、军事、政治知识,他多次被评为连队优秀战士。

1952年6月,许家朋参加了中国人民志愿军,被编入二十三军六十七师二〇〇团九连二班当战士。1953年,许家朋加入中国新民主主义青年团。

1953年7月,在朝鲜涟川西北石岘洞反击战中,许家朋主动参加突击排,并以最快速度插上主峰,为后续部队开辟道路。当部队接近主峰时,正前方敌暗堡火力又复活了。

许家朋冒着密集弹火,直冲敌人暗堡。不料,一发炸弹打来,许家朋两腿负伤,跌倒在地上,他忍着剧痛,匍匐到暗堡前,拉断导火线,扔出炸药包。

可是,炸药包受潮了,在这千钧一发之际,许家朋纵身跌到敌堡机枪射孔前,双手牢牢抓住敌人的机枪架,用胸膛紧紧抵住敌人的机枪口，用生命换取了战斗的全面胜利。

战后，中国人民志愿军领导机关追记许家朋特等功，授予他"一级战斗英雄"称号；朝鲜民主主义人民共和国最高人民会议常任委员会授予许家朋"朝鲜民主主义人民共和国英雄"称号及金星奖章和一级国旗奖章。志愿军党委追认许家朋为中国共产党党员，并授予"模范青年团员"称号。

抗美援朝战争是以中朝人民的胜利宣告结束的。1953年7月27日，美军代表被迫在停战协定上签了自己的名字。

在抗美援朝爱国运动中，青年团响应党的号召，在广大青年中进行了广泛深入的爱国主义和国际主义教育，提高了青年的民族自尊心和自信心，使广大青年成为抗美援朝中的生力军，为保卫祖国、保护人民作出了重大贡献。

开展增产节约运动

1951年11月20日至26日,中国新民主主义青年团第一届中央委员会第二次全体会议在北京召开。

会议总结了青年团一大以来的工作,确定了下一时期团的工作任务。

毛泽东和党中央其他领导人接见了全体与会人员。周恩来在会上作了政治报告,他指出,当前全国人民的政治任务是抗美援朝,加强国防建设力量,开展增产节约运动和思想改造运动。

会议一致通过了工作报告《青年团的目前情况与工作》的决议和关于开展增产节约活动的决议。

从此,各地青年职工在团组织的带领下,以主人翁的态度,从各个方面,用各种方法,开展增产节约活动。

在增产节约竞赛中,出现了许多模范事迹和先进工作者。如鞍钢公司机械总厂工具车间团员王崇伦,定出了1年完成3年任务的个人增产节约计划,被称为"走在时间前面的人"。

1927年,王崇伦出生在辽宁省辽阳农村的一个贫苦人家。1949年,鞍山解放了,王崇伦亲身经历从旧社会奴隶到新社会主人的天翻地覆的巨大变化,他怀着强烈的报恩思想忘我劳动,积极向上。

3个月后,王崇伦加入了青年团,光荣地成为鞍钢解放后第一批入团的青年职工。

从此,王崇伦决心为建设新鞍钢多出一份力。他把业余时间都用在了文化、技术知识的学习上,成为解放后鞍钢职工队伍中为数不多的年轻高级技工之一。

1951年6月24日,由于工作的需要王崇伦调至鞍钢机修总厂四机修厂工具车间。机修总厂各种机器设备齐全,王崇伦走进了一个施展自己才华的广阔天地。

1952年,王崇伦所在的工具车间承担为中国人民志愿军加工飞机副油箱拉杆的十万火急的特殊任务。

这时,王崇伦设计并制造出利用刨床加工拉杆的特殊卡具,比开始用铣床加工提高工效24倍,而且全部达到一级品的标准。

1952年秋天,王崇伦光荣地加入了中国共产党。在入党后短短一年中,他相继革新成功7种工、卡具,成了一名全厂有名的技术革新闯将。

1953年,我国开始实施第一个五年计划,鞍钢生产建设也在突飞猛进地发展。就在这时,鞍钢矿山生产一线告急:大批凿岩机因缺少备件卡动器而被迫停止作业。

试制卡动器的特殊任务最终落在王崇伦所在的工具车间。试制刚刚开始,就遇到了"拦路虎"。第一道工序的车床加工只需45分钟就能加工一个,而第二道工序插床加工一个却要两个半小时。全车间只有一台插床,厂长、车间主任都在为插床的低效急得团团转。

此时，王崇伦又悄悄地搞起了攻关。他大胆地构想用刨床代替插床，制一个圆筒形的工具胎，把插床垂直切削转变成刨床的水平切削。半个月后，双颊凹陷的王崇伦把特殊工具胎的图纸展现在车间领导面前。

这个工具胎外壳酷似一台小电动机，由40多个零件组成，工件可以固定在套子中，旋转360度，任意选择加工角度。原来的插床一次只能加工一个工件，经王崇伦改造设计后，工件置放在工具胎内，刨床可以成摞切削，就像串糖葫芦一样方便，大大提高了工作效率。因此，大家对王崇伦的奇思妙想赞不绝口。

在车间领导的大力支持下，几天之后，一个长500毫米、直径200毫米的工具胎安置在王崇伦的刨床上。试车这天，数百人前来观看。当第一批工件加工完毕之时，计时人宣布：加工一个卡动器耗时仅45分钟。

更让在场人震惊的是，以往加工凿岩机的40多个零件，每加工一种零件都得制作一套专用的卡具，而这一工具胎竟能全部取而代之。因此，王崇伦创造的这一独特工具胎被命名为"万能工具胎"。

王崇伦继续攻关夺隘，加工卡动器的纪录连连取得新突破，由45分钟提高到30分钟，最后提高到19分钟，相当于最初效率的6至7倍，他操作的"牛头刨"成了"千里马"。

凭着万能工具胎，王崇伦在同时间赛跑中不断创出奇迹。1953年，他1年完成了4年的生产任务，成为全国最先完成第一个五年计划的一线工人。因此,他被评为鞍山市工业特等劳动模范,被誉为"走在时间前面的人"。这年,他只有26岁。

当时,《东北日报》《中国青年报》《人民日报》等全国各大报纸和广播电台都报道宣传了王崇伦的先进事迹。东北团委团中央先后作出决定,号召团员、青年学习王崇伦的生产革新精神。王崇伦成为当时青年人心目中的"明星",誉满全国。

1954年9月,王崇伦光荣地当选第一届全国人民代表大会代表。1956年,王崇伦被授予"全国先进生产者"称号。

1959年,王崇伦出席全国"群英会",再度被授予"全国先进生产者"称号。会议期间,受到毛泽东、刘少奇、周恩来、朱德、邓小平等党和国家领导人的亲切接见。毛泽东称赞王崇伦是"青年的榜样"。

青岛第六棉纺厂工人,年仅17岁的女青年团员郝建秀,刻苦钻研生产技术,在工作中创造了一套细纱工作法。运用这个技术,不仅可以使产品质量大幅度提高,而且可以使工人看车能力由300锭提高到550至600锭。这个工作法如果推广,每年可为国家多生产4.4万余件棉纱,相当于400万人一年用布的原料纱。

郝建秀的事迹受到党和政府重视,毛泽东曾经专门嘱咐中央办公厅写信鼓励她。1951年10月团中央授予她"模范青年团员"称号。

唐山钢铁厂团员蔡连成创造了"转炉先进操作法",使唐山钢铁厂到当年年底可增产203.8亿元。

重庆一〇二钢铁厂第二场实习生青年团员杨杰,提出在炼钢化铁时用含矽多的灰口铁代替含矽少的白口铁的建议,大大减少了矽的用量,全年可为国家节约58亿元。还有一个厂的团员王吉来,创造了先进操作法,使单螺丝的产量提高了17倍,合格率由80%提高到99.7%。旅大玻璃厂仪器车间,由过去做"安瓶"每小组日产量600至1000个,提高到1200至1900个。

在这次活动中,各地厂矿团的工作都有了不同程度的提高和发展。

同时,青年团还在工交、财贸、农村各条战线广泛开展了增产节约劳动竞赛,开展了节约钢材、木材、水泥"三材"和回收遗弃材料活动。

1955年9月底,全国有青年节约队7163个,参加人数31.4万人,他们一共为国家捡了废钢铁10万余吨。

在增产节约竞赛活动中,各地青年职工在团组织的带领下,以主人翁的态度,从各个方面,用各种方法,开展了增产节约的活动。他们采用先进技术措施,推行先进经验,回收和利用残旧料,精打细算,厉行节约,为国家节省了大量资源,有力地支援了国家的经济建设。

通过这项活动也培养了青年爱护国家财产、勤俭建国的精神。

开展监督岗活动

1953年,为了实现第一个五年计划,党中央再次号召增加生产,厉行节约。

这一时期,青年团严格执行节约制度,围绕增产节约做了很多工作,成为了国家反浪费战线上的得力助手。在当时,青年监督岗也由此孕育而生,逐渐形成了群众性的活动。

1954年3月,北京石景山钢铁厂团委学习苏联列宁青年团监督岗活动的经验,结合本厂具体情况,首先建立了临时性的青年监督岗,7月又发展为正式的青年监督岗。青年监督岗成立后,对促进生产、减少浪费起到了很好的作用。青年监督岗这一形式在全市和全国逐渐推广。到1955年9月底,全国工矿企业建立青年监督岗1122个,参加人数5000多人。

浙江省1954年成立了450个青年监督岗;山西省1956年建立了552个青年监督岗、检查队,有青年岗队员6000多人活跃在工交战线;辽宁省建立了3463个监督岗,拥有成员25077人;吉林省长春市从1955年开始在工厂建监督岗,1957年有354个青年监督岗,3539名岗员。

青年监督岗通过公开批评和内部协商等办法,达到解决问题和消除缺点的目的。与此同时，农村青年也建立了监督岗，或叫青年检查队、组，主要任务是查找生产上的缺点，提合理化建议，找出解决问题的办法，表扬好人好事。

青年监督岗活动成为生产线上的"哨兵"，安全线上的"眼睛"，产品质量的"卫士"。青年监督岗在发现生产中的问题时便积极建议，在提高产品质量上起到了显著的作用。

天津棉纺一厂原动力车间锅炉上的两只气压表不准，监督岗发现后便提醒行政部门，行政部门采纳了建议，避免了一次锅炉爆炸事故。

当时，据天津造纸厂等10个单位的55个监督岗的统计，在1956年以来的3个月中，针对生产中的问题共提出了1145条批评、建议。

1954年，在京西城子煤矿，有一位青年团青年监督岗的杰出工作者李九德得到了工人们一致称赞。

李九德的童年是在饥寒交迫的岁月中度过的。1949年解放后，在李九德这个17岁的青年面前，展开了一个全新的世界：国营城子煤矿不仅给工人增加了工资，而且工人有了病还给生活补助；为了保证生产安全，矿上还规定了一系列操作规程制度；矿上还办了识字班，让工人学文化。

李九德亲身体验了解放后发生的一切变化，他很快懂得了："共产党解放了我们，我们工人现在成了国家的主人。""党是我救命的爹娘。"

从此，李九德下定决心要好好干。在工作中，他一直听党的话，向党团员的模范行为学习。1954年，李九德就加入了青年团，1956年，又参加了中国共产党。

李九德到城子矿以来，没有缺过一天勤，业余文化学校的点名册上从没有画上过一次迟到，开会研究工作更是积极参加，每次必到。

在风雪交加的日子里，李九德曾几次滑倒在大沟里，但是他从来没有退缩过。即使有了小病，他还坚持下井劳动。就这样，李九德一次又一次地战胜了风雪、雨水、疾病和家事的拖累，保证了年年全勤。

在煤矿，安全是个突出的问题。党一向特别注意煤矿的生产安全，采取了一系列措施，制定了保证安全的一整套规程制度。

但是，在开始执行这些制度的时候，一些有保守思想的人却议论开了："常言道，下井三分灾，不知上来上不来。挖煤这事儿，哪能保险不出事故。"他们不相信煤矿能根除事故，因此也不认真执行规程制度。

这些话不断地钻进李九德的耳朵，他想起解放前在小窑背煤的情形。

那时候，工人们都管门头沟叫"没头沟"，几乎天天都有工人死在井下。那是解放以前，煤窑是属资本家管的，他们只知道赚钱，哪管工人的安全。但现在是工人当家了，党号召我们安全生产，这是党对煤矿工人最大的关怀，我们一定要听党的话，一定要做到安全生产！

于是，李九德不仅自己严格执行操作规程制度，而且到处宣传安全生产的重要性，他一遍又一遍地跟大家说："如果不遵守规程制度，出了事故，不仅个人受痛苦，国家也要受损失，更对不起党的关怀。"

1954年，李九德担任了青年监督岗的工作。在日常生产中，他大胆进行监督，并且处处以身作则，发现难题立刻动手处理，自己处理不了的就向上级汇报。他还特别注意向老工人请教，吸取他们的经验。因此，他识别危险的能力越来越强。

放炮工作是很容易发生事故的，但是，在李九德做放炮员的几年中，由于他认真检查每一道工序，坚持原则，发现问题及时向班长反映解决，因此一次事故也没有发生过。

李九德在煤矿工作11年，共检查出1800多条安全问题，保证了安全生产，而他自己也没有出过任何事故。矿上还多次开展安全活动，成立"业余青年安全巡逻队"，检查到不安全的问题就及时处理，保证安全生产。

李九德还是个节约材料的能手，从不浪费材料，而且最善于利用废料。在做放炮员的5年当中，每次放炮后他总把雷管上的角线一根根捡起来，等休息时，再把它们一根根接起来，代替下次放炮用的纱包线。4年多的时间里，李九德没有向国家领一根纱包线，总共为国家节约纱包线2万米以上。

工人们经常赞扬李九德的这种自觉的劳动态度，但他总是说："我做的太少啦！"他常想："革命先辈为我们流血牺牲，现在我们为了早日建成社会主义，为了下一代的更大幸福，多出一些力，是完全应该的。"

李九德每天工作完了以后，总要仔细想想，自己今天有什么事做得不够好，怕什么事对群众影响不好。他越来越谦虚，对自己要求也越来越严格了。一听到别人表扬，李九德总是首先想到是党把自己从苦海中解救出来，又把他教育培养成为今天这样一个有用的人。

李九德常常说："我今天的幸福生活以及我的一切，都是党给我的。党给了我那么多，但是我对党的贡献却很少，以后我一定要更好地听党的话，多多向群众学习，为祖国的社会主义建设贡献出一切力量。"

从1953年以来，李九德连年被评选为矿、局、市的劳动模范和先进生产者。1958年，李九德出席了第二次全国青年社会主义理想积极分子大会和全国青年工人代表会，荣获了共青团中央颁发的"爱矿如家、保证全勤、维护安全"的奖状。1958年，他参加北京市青年代表团访问了苏联。1959年又出席了全国群英会。

青年监督岗活动对吸引青年协助行政管好工农业，发挥青年积极性，培养青年关心集体、爱护国家财产、坚持原则的优良品质都起到了积极的作用。

宣传过渡时期总路线

1953年6月23日至7月2日,中国新民主主义青年团第二次全国代表大会在北京举行。出席大会的代表495人,代表38万个基层组织和900万团员。

这次大会是青年团在祖国开始进入有计划经济建设时期的誓师大会。大会的任务是:动员全体青年团员和广大青年为逐步实现国家工业化和逐步过渡到社会主义社会而奋斗。

在开幕式上,刘少奇代表党中央向大会致辞,充分评价了青年团4年来的工作成绩,阐述了进入有计划经济建设时期全国人民新的历史任务,要求青年团发挥党的助手和后备军的作用,站在为国家工业化而斗争的最前列。

大会听取、讨论和通过了胡耀邦作的题为《团结全国青年在建设伟大祖国的行列中奋勇前进》的报告。会议确定青年团在未来一个时期的任务是:

在党的领导下,在毛主席的教诲下,继承和发扬中国青年运动的优良传统,团结全国各族青年为建设祖国而忘我地劳动,为建设祖国而奋发地学习。在建设祖国的伟大斗争中,协助党以共产主义精神教育团员和青年，使他们成为热爱祖国、忠于人民、有知识、守纪律、勇敢勤劳、朝气蓬勃、不怕任何困难的年轻一代，遵循我们伟大领袖毛主席指引的方向，为逐步实现国家工业化和逐步过渡到社会主义而奋斗。

6月30日，毛泽东接见了大会主席团，发表了《青年团的工作要照顾青年的特点》这一著名谈话。大会一致决定将毛泽东提出的"身体好、学习好、工作好"即"三好"作为以后青年团的工作方向。

中央人民政府副主席朱德也在大会闭幕式上讲了话。他勉励青年团遵循毛主席的指示，引导青年积极参加伟大祖国的建设，把青年引向共产主义道路。

大会通过了新的团章。新团章将新的历史时期党交给青年团的任务列入总则，并明确规定了青年团在党领导下进行全部工作。

大会选举胡耀邦等143人为中央委员，56人为候补中央委员，组成了新的团中央委员会，加强了青年团的领导。

1953年10月，党中央发出了《关于加强党对青年团的领导给各级党委的指示》。这份文件根据毛泽东《青年团的工作要照顾青年的特点》的谈话精神，要求各级党委加强对青年团工作的领导，明确阐述了团的独立活动的含义，科学处理了共产党、青年团、青年三者之间的关系，从而丰富了马克思主义关于青年运动和青年团建设的理论，为活跃青年团工作提供了重要保证。

此后，各级团组织按照中共中央和毛泽东指示的"按照青年特点，开展独立活动"的工作方针，团结全国各族青年，积极参加社会政治生活、经济生活和文化生活，采取青年喜爱的方式和方法，开展独立活动，使青年团工作进入了一个十分活跃的时期。

为把中国建设成伟大的社会主义国家，1953年12月，党中央宣传部发布了经中共中央批准的《为动员一切力量把我国建设成为一个伟大的社会主义国家而斗争——关于党在过渡时期总路线的学习和宣传提纲》。随后全国掀起了学习、宣传和贯彻总路线的热潮。

青年团组织带领团员青年积极参加学习、宣传和贯彻过渡时期总路线的活动，协助党完成对农业、手工业和私人资本主义工商业的社会主义改造工作；同时向各族青年提出了"把青春献给祖国"的口号，引导青年从祖国工业化大局出发，从人民的根本利益出发投身工业建设。一代青年在新中国最初的建设史上留下无数可歌可泣的光荣业绩。

开展突击队活动

1954年1月，在北京展览馆工地，诞生了新中国历史上第一支青年突击队。

原来，在新中国的社会主义改造时期，为尽快恢复国民经济和发展生产，从1953年开始，全国各地相继开始了大规模工程建设，有几百万青年工人参加了矿山和工厂的建设，近百万的青年工人参加了基本建设。青年成了社会主义建设的一支生力军。

正是基于这种情况，为加快各项建设的发展速度，青年团组织在党的领导下，根据生产建设的实际需要组织了青年突击队。

1953年10月15日，规模宏大的北京展览馆在北京市西部破土动工。这项工程是苏联援助项目之一，总面积4.4万平方米，是当时的重点工程。作为北京当时的一个重要标志性建筑，计划只用一年时间，要于1954年10月15日建成。

工程建筑工艺水平高，工期紧，施工任务重。工区党委员会向工人发出号召：提高劳动生产率，在保证质量的前提下加快建设进度。

1954年1月，工程进入冬季施工最紧张的结构工程阶段。当时，工人们都没有冬季施工的经验，而且技术工人大都来自上海，这时又加上春节来临，工人们都想回家过春节。可是，工业大厅拱顶支模任务是关键部位，支模跨度32米，高22米，定额高，难度大。

当时，根据苏联专家多洛普切夫的建议，团委对青年工人的政治和技术情况进行了调查后，决定建立青年突击队。

1954年1月13日，18名技术比较好的青年团员，自愿组成了木工青年突击队，胡耀林任队长。

突击队首战就以3小时完成了7小时才能完成的水泥溜槽任务，接着又用181个工时完成原计划用478个工时才能完成的拱顶大梁建造任务，提高生产效率146%，并且保质保量地完成了此项工程。

木工青年突击队的出色表现，给全工区的青年树立了榜样，给工区青年以极大的影响和鼓舞。在突击队的带动下，到2月中旬，工区又先后建立了瓦工、抹灰工、电气工、水暖工、混凝土工等6支青年突击队，都超额完成了任务。

1954年3月19日，《北京日报》报道了胡耀林青年突击队的事迹，第一次公开报道青年突击队的情况。3月21日，工区行政和团委联合召开青年突击队建队大会，为7支青年突击队颁发了队旗，正式宣布青年突击队成立。

青年突击队的出现受到了团北京市委和团中央的重视。团市委专门派副书记张进霖带领干部深入到展览馆工区，和队员们同吃同住，总结经验，并将调查结果报告了中共北京市委和团中央。

青年突击队得到了党中央、团中央和北京市委的高度重视，1954年6月，团中央帮助团北京市委总结了展览馆工地组织青年突击队的经验，确定"重点建设、逐步推广"的方针，先后在全国各地建立和发展了各种青年突击队。

1954年6月19日《人民日报》《北京日报》刊登了团市委撰写的《北京展览馆工区青年突击队工作经验》一文，并发表了以推广组织青年突击队为主要内容的社论。

第一支青年突击队建成后，在北京西北郊八大学院工地上出现了张百发钢筋工青年突击队，东北郊酒仙桥电子管厂工地出现了青年工段，东南郊焦化厂工地出现了于春和瓦工青年突击队，西南郊原子反应堆工地出现了青年工段等。

在城区先是在广播大厦、电报大楼、北京饭店西楼、国际饭店、政协礼堂、同仁医院、友谊医院等工地以及市委大楼、团中央礼堂、百货大楼等十多项重点工程上都出现了"青年工地""青年工段""青年突击组""青年生产队"等多种多样适合各自系统特点的青年生产组织和活动形式，形成了以青年突击队为龙头的"青"字号工程，拓宽了突击队工作的领域，为国家经济建设发挥了积极作用。

在北京的青年突击队中,张百发钢筋工青年突击队是最著名的一支。

1951年,16岁的张百发参加工作,成了一名建筑企业的钢筋工。他干活不怕累,如同一只小老虎活跃在工地上。

那个时候,张百发心中的偶像就是全国劳动模范王崇伦、郝建秀。他暗暗下定决心学习王崇伦:"王崇伦为什么能走在时间前面,我张百发不少胳膊不少腿的,为什么就不能?应该能!"

1952年,张百发光荣地加入了共青团。没多久,他又当选为工地团支部委员。

有一次在团校学习时,张百发听了全国第一个青年突击队"胡耀林青年突击队"的先进事迹介绍,他想:"胡耀林能够办得到的,我张百发肯定也能办得到。"团校学习结束后,张百发马上回到了在北京航空学院工地施工的钢筋队。

1954年4月28日,"张百发钢筋工青年突击小组"经过上级批准,正式命名为"张百发钢筋工青年突击队"。全队由张百发、邓闯生、赵寿生、张墨杰、曹盛有、刘月先、杨福林、王宝才、黄钧、顾复果、任福丑、孟昭鹏共12名成员组成。队长是19岁的张百发。

张百发钢筋工青年突击队成立后,接受的第一项任务是挖一条下水道。这项任务很特殊,是突击队很多人没想到的。

下水道必须通过一个臭气呛人，令人作呕的化粪池。从工种上看，挖下水道跟钢筋工没有丝毫关系。作为队长的张百发，一开始就觉得这活非落到他们"突击队"不可。因为谁叫他们是"突击队"呢？突击队，理应是一支不怕脏苦累，能打硬仗的特别战斗队。所以，当他了解到许多队员都没有思想准备时，便开始做队员的思想工作。

有的队员一听说挖下水道还得干挖臭粪沟的活儿，就挺不满意地问张百发："队长，是不是上边弄错了？这挖臭水沟的活怎么会是咱钢筋工突击队的呢？"

关键时刻，张百发面对全体队员，毫不含糊地说："这活，我们不干，谁干？我们是青年突击队！这突击队就是专为干重活、脏活、累活，别的队不愿意干的活而组织起来的。在考验我们的关键时刻，我们能狗熊吗？"

"不能！"大伙异口同声地说，"我们接受考验。"

就这样，光荣又艰苦的任务，交给了"张百发钢筋工青年突击队"。

挖下水道的工程开始了，大伙干得都很起劲。当挖到化粪池时，臭味一下子冒上来了，呛得人直流泪。这时有人犹豫了。

张百发微笑着看了看大伙，二话没说，把衣服一脱，只留下小裤衩，光着膀子，第一个跳进化粪池里，弄得他鼻子、眼睛里都是臭屎汤子。有人问道："队长，臭不臭呀！"

张百发回答说:"怕臭咱就不下来了。脏臭有啥了不起的,干完活一洗不就全干净了嘛!"

当时的传统是,钢筋工只能干钢筋工的活,即使没有钢筋工的活干,闲着也照样发工资。可"张百发钢筋工青年突击队"彻底破除了这个影响生产的旧传统。他们没活干,就主动找别的队不愿意接的活干。张百发向全队提出了一个非常响亮的口号:"身为钢筋工,各行都学通;学成多面手,永远不窝工。"

建队时,队员们只会绑扎钢筋的技术,自从张百发提出"学成多面手"以后,大家差不多都掌握了电焊、成型、烘炉、对焊、弧焊、打水泥、打灰土、气焊等十多种技术。"张百发钢筋工青年突击队",很快成为全国建筑行业的一面旗帜。

当年的突击队员刘强十分自豪地回忆说:"那时候的年轻人,干事没怨言,一心就想改变国家贫穷落后的面貌,建设新中国。现在,每当看到人民大会堂、历史博物馆等自己参与建设的建筑时,觉得当时再苦再累都值得。"

1958年至1959年间,兴建人民大会堂等北京著名的建筑,无不留下了"张百发钢筋工青年突击队"的汗水。为了抢时间,在人民大会堂工地上,张百发突击队一连十多天,睡觉硬是没有脱过衣服,142项任务,全部提前完成,其中有几项超额三倍。

从1954年突击队成立,到1964年3月,"张百发钢筋工青年突击队"在10年时间里，无论是在滴水成冰的数九寒天，还是在摄氏36度以上的三伏天，不停地转战京城，总是出现在最苦最累、任务最紧张的工地上。"张百发钢筋工青年突击队"的旗帜高高飘扬。

1955年，张百发代表突击队，出席全国社会主义积极分子代表大会。1959年9月，张百发出席第二次全国青年社会主义积极分子代表大会。张百发青年突击队成了全国青年学习的好榜样。

1954年10月17日，北京市委向北京市批转了《青年团北京市委关于青年突击队工作向市委的报告》，肯定青年突击队在提高生产效率，突破劳动定额，加强薄弱环节，保证完成紧急任务等方面成绩是显著的，称赞青年突击队是：

> 组织青年工人积极参加劳动竞赛，发挥其首创精神，从而推动劳动竞赛进一步高涨和对青年工人进行共产主义教育的一种有效的组织形式和工作方法。

1954年12月，在团中央"重点试建，逐步推广"的方针指导下，各地先后建立和发展了青年突击队。1955年2月，青年团中央发出了争做一个社会主义建设积极分子的号召。到1955年9月底，全国工矿企业、建筑行业等建立青年突击队1597个，参加人数3.15万人。

这些青年突击队从生产需要出发，在组织青年完成急、难、险、重任务中，发挥了突出的作用。青年突击队就像一股春风，吹遍了北京建筑、市政以及其他行业，并迅速推向全国。

与此同时，各地农村也纷纷组织了青年突击队。1954年3月，我国第一支青年生产队诞生于河北省冀县红星农业生产合作社。

到1956年春天，全国在农业生产合作社内建队的约有16万个，队员500余万人。建队的农业社占全国总社数的15.96%。其中广东省中山县新平乡第九农业合作社的青年突击队曾受到毛泽东的赞扬。

青年突击队活动适应了社会主义建设的需要，在提高劳动生产率、推动劳动竞赛、增强青年生产劳动的自觉性等方面都产生了积极作用。

同时，青年团还开展以垦荒、移民、扩大耕地、增加粮食为主要内容的活动。

1955年8月30日，青年团组织新中国第一支青年志愿垦荒队到达黑龙江萝北县，揭开全国青年志愿垦荒的序幕。

当时，以杨华、庞淑英等为代表的一批立志报国的热血青年，积极响应团中央的号召，在新中国的大地上竖起第一面青年志愿垦荒队的旗帜，以"忍受、学习、团结、斗争"的顽强意志，在萝北荒原开始了战天斗地的垦荒历程。他们以满腔的豪情、冲天的干劲和炽热的青春，开启了中国现代史上青年志愿者到"北大荒"开发边疆、建设边疆的先河，以实际行动奏响了报效祖国的时代强音。

在他们的带动下，青年志愿垦荒的星星之火迅速燃遍神州大地。北京、天津、山东、河北、哈尔滨等地垦荒队员积极响应，远离故乡，投身北大荒的开发和建设。

到 1956 年 9 月，在一年多的时间里，青年团协助政府组织了 20 余万人投身到垦荒事业中，为新中国的农业生产及边疆建设的发展作出了重要的贡献。

青年突击活动的不断开展，为社会主义改造和建设、为超额完成第一个五年计划作出了巨大的贡献。

青年突击队的精神，历时近半个世纪，长盛不衰。这也是青年突击队在新的历史时期迎接挑战、经受考验、生生不息、发展壮大的动力源泉。

开展劳动教育活动

1954年4月22日，团中央发出了《关于组织不能升学的高小和初中毕业生参加或准备参加劳动生产的指示》指出：

　　要求各级团组织十分重视这项工作。要在党的领导下，积极协助与配合有关部门，加强热爱农村、热爱劳动的教育，做好具体的思想工作和组织工作，妥善解决不能升学的高小和初中毕业生参加或准备参加农业劳动的问题。

从此，各地掀起了大规模的劳动教育活动。

当时，各级团组织积极配合有关部门，加强热爱农村、热爱劳动的教育，妥善解决了不能升学的高小和初中毕业生参加农业劳动的问题。

同时，团组织还在城市青年中开展了以组织青年参加义务劳动为主要内容的劳动教育活动。

1954年暑假，青年团北京市委发动全市16所大学、60所中学的学生共1.858万人次，参加"苏联展览馆"挖湖工程的义务劳动。每次劳动时间两小时，共挖土5542.29立方米，完成全部土方工程的二分之一以上，为国家创造财富 2100 多万元。

学生们在劳动中表现得很好，能够遵守劳动纪律，不怕脏，不怕累，干活争先恐后。有的人脚上扎了钉子，还坚持下去，有的要求延长时间，要求加夜班。

同学们也表现出团结互助的精神，体力强的帮助体力弱的，男同学帮助女同学。另外，还有不少年幼和体弱的同学也要求到工地来做宣传和服务工作。

这次义务劳动，使同学们受到一次深刻的劳动教育。许多同学认识到体力劳动不是过去想象的那样简单，开始尊重体力劳动。

女二中的同学看到工人一个人挑四筐土，而自己却两人抬一筐，深深感到工人阶级的伟大，她说："一个工人顶我们八个人，我从心眼里起敬。"

许多人体会到："实现社会主义真是千百万人劳动的结果，是很艰巨的。"

有人说："我们费很大劲还挖不了多少土，一个巨大工程该多么不简单。"

不少同学参加劳动后，更加珍惜劳动果实，有人说："劳动了才知道肩膀痛，但平时对于农民用终日辛勤劳动换来的粮食却随意浪费，真不应该。"

在此次劳动中，同学们还体会到必须有集体主义的精神。因为，在劳动中，挖土、担土、倒土等操作都要密切配合，一个人不好好工作就会影响集体。

这次劳动对增强同学体质也有一定好处。

许多人感到参加了几次劳动,体力有所增强,精神更振奋了。有的同学第一次劳动时只能倒土,第二次可以挑土,第三次就可以快步走了。

在劳动中,有人说:"一天劳动虽累,晚上睡的却香了。"而且,大家还学到些简单的劳动技能。

这次义务劳动说明了适当地组织同学参加义务劳动,不仅有助于国家建设,同时对同学是一次生动的劳动教育,提高了同学的思想觉悟。

在这次义务劳动中,青年团北京市委还总结出,党和行政的支持也是搞好义务劳动的关键。暑假开始时,市团委曾倡议组织学生参加苏联展览馆挖湖工程的义务劳动,但因无人负责领导,所以开工日期一再拖延。

当时成立的北京市义务劳动指导委员会对加强各有关方面的联系、组织各方面的力量起了推动作用。

在北京市委指示下,卫生工程局为这次义务劳动配备了干部和工人作指导,各方面帮助准备了必要劳动工具、饮水、医疗、用车等设备,使得工程能够顺利进行。

在团中央的倡导下,义务劳动在全国广泛开展起来,并且成为团组织的一项传统活动发扬下来。

在劳动教育活动的后期,团中央又开始提倡勤工俭学。1958年1月27日,团中央发出《关于在学生中提倡勤工俭学的决定》,《人民日报》全文登载。

当时,勤工俭学活动搞得好的学校,以河南长葛三中最为著名。

河南长葛三中的校长是魏光轩，他生活俭朴，对人和蔼可亲，作风平易近人。他既爱学生，又爱教师，他常说："不爱教师的校长，不可能是一位好校长；不爱学生的教师，不可能是一位好教师。"

魏光轩是土生土长的本地人，对家乡的历史文化、民风习俗、名胜古迹怀有深厚的感情。他经常向学生们讲述许多有关洧川的传闻轶事，诸如"吕蒙正与白马寺""张载与张庄""杜预与纸坊""刘理顺与兴龙岗""陈实与梁上君子""苑陵县官为民请命"等典故。

这些典故和轶闻，生动有趣，无形中培养了学生们热爱学校、热爱家乡、热爱祖国的情操。

魏光轩还常常给学生们讲周恩来、朱德、邓小平等中央领导人年轻时在国外勤工俭学的故事，并在全校师生中轰轰烈烈地开展了勤工俭学活动。

学生们利用课余时间搬砖运瓦、和泥打墙，仅两年就完成了几千米长的围墙，盖起了几百间新校舍。

学校还开辟耕作、果树、苗圃、蔬菜、粮食等教学实验园地，使死教材变成了活知识，教学质量显著提高。

因此，1958年1月20日《人民日报》介绍了长葛三中勤工俭学的经验，并在头版头条重要位置发表了社论《两个好榜样》赞扬长葛三中。

从此，长葛三中成为全国勤工俭学的一面旗帜，全国各省、市教育部门和大专院校纷纷到长葛三中参观学习。

1958年8月13日，毛泽东在视察天津大学、南开大学时，高度赞扬了长葛三中勤工俭学的成绩：

　　　　河南的长葛已经有了证明，那里的学校有的搞了勤工俭学，学生学习成绩好，升学的很多；有的没有搞勤工俭学，学生学的不好，升学的少。

　　这次劳动教育活动收到了良好的效果。通过劳动教育，使广大青年懂得了"劳动创造一切"的道理，清除了轻视劳动的错误思想，初步树立了热爱农村、热爱劳动的思想观念。

开展道德教育活动

1954年秋至1955年夏，青年团在党中央的领导下，在全国大中城市中开展了提倡"培养青年共产主义道德，抵制资产阶级思想侵蚀"为主要内容的宣传教育活动。

新中国成立后，随着共产主义教育的深入进行，广大青年的道德风貌发生了可喜的变化。但是，旧社会腐朽势力的影响和反动势力的破坏活动的猖獗，使一部分青少年的思想不同程度地受到了腐蚀和影响。

在一些大、中城市的青年中还存在着纪律松弛、道德败坏等问题，偷盗、拐骗、贪污、赌博以及严重破坏公共秩序等不良现象不断发生。

原团中央书记处书记刘导生回忆当时的情景说："主要是黄色书刊对青少年的影响很大。当时，社会上一些小书摊、书店，还有一些低级场所都能看见黄色、庸俗的东西，旧社会的残渣余孽还存在。而当时政府还没顾及这一块，团中央的工作那时主要抓8小时以内，对8小时以外还没有主动渗透，因此就出现了许多青少年、青年工人在社会上赌博、打群架等现象，社会风气很坏。"

1954年春天，中共中央提示团中央书记处要注意青年中的纪律和社会风气问题。

5月,团中央常委会对这一问题作了认真研究,并指示各地团组织调查典型事例,为教育活动做准备。经过研究,团中央很多同志认为有必要在全国大中城市比较集中地进行一次提倡共产主义道德品质、反对资产阶级腐朽思想侵蚀的宣传教育活动。

为了使这次教育进行得生动、具体,引起广大青年的重视和警觉,大家提出要在报刊上刊载几个具有教育意义的反面典型,并推动各地团委组织广大青年进行讨论。团中央第一书记胡耀邦同志表示赞成,并说:"这种反面典型不能多,基层一般不要搞。不要只是暴露他们的罪恶,更要揭示他们堕落犯罪的原因,以唤起青年的警觉。"

1954年10月,《中国青年报》《中国青年杂志》刊登了《马小彦上海市初三学生为什么会腐化堕落的》《在歧路上》两篇文章,以两个青年腐化堕落的事实,揭露了旧的反动思想对青少年的毒害。

同时,《中国青年报》还发表了《反对腐化堕落和流氓行为,向一切毒害青少年的现象坚决斗争》《为青年一代的良好道德而积极斗争》《培养青年共产主义的道德,反对资产阶级思想的侵蚀》等文章和社论,从而拉开了一场以团结教育广大青少年为重点,改造社会风气为目的的"加强对青少年的共产主义道德教育,抵制资产阶级思想侵蚀"的教育活动的序幕。

11月6日,为把教育活动引向深入,团中央书记处向中共中央作了《关于加强对青年的道德教育、抵制资产阶级思想侵蚀的请示报告》，对教育活动作了具体部署。

1955年1月，中共中央批转青年团上海市委《关于加强培养青年共产主义道德品质抵制资产阶级思想侵蚀的报告》，对这一教育活动的目的、内容、政策界限和策略步骤作了规定。

2月，青年团召开二届二中全会，研究进一步加强对青年的共产主义教育问题，推动了教育活动的深入发展。

全国集中进行的宣传教育活动从1954年10月至1955年7月，历时10个月，135个大中城市先后开展了这一教育活动，并收到显著的社会效果。通过这一活动，提高了广大青年的思想觉悟和拒腐能力，并在社会上形成了一种关怀、保护青少年健康成长的舆论氛围。

开展业余文化活动

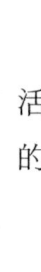

1955年2月16日至26日,青年团二届二中全会在北京召开。会议中心议题是关于进一步加强对青年的共产主义教育问题。

会议指出:

青年团应全面地关心和有步骤地满足青年的特殊要求。目前,主要是关心青年的生活,加强青年业余文化活动,使青年们能得到全面的发展,成为愉快、健壮而勇敢的青年。

业余文化活动的内容应该丰富多样,目前着重是在青年群众中进行扫除文盲的工作,以及组织和指导青年阅读书报、开展艺术和体育等活动。在开展这些活动时,应遵守业余和自愿的原则,并有节制地进行,以免影响中心工作和青年的健康。

胡耀邦在会上表示:团的工作不要坐而论道,要搞活动。一年不搞一两项有影响、有实效的活动,青年团的威力就不行,就没有生气。

这次会议通过了《关于加强青年业余文化工作的决

议》,《决议》指出:

根据这几年来青年团工作的实际经验和群众的创造,青年团中央委员会认为今后在青年中开展业余文化工作,应着重以下几个方面:

一、扫除青年群众中的文盲,提高青年的文化、科学技术水平。

根据工农业生产发展的需要和工农青年的迫切要求,青年团的组织必须切实关心工农青年的技术学习,广泛发动青年边做边学,积极参加业余技术学校、技术训练班和技术研究小组等学习组织,组织青年工人学习苏联先进经验,和有技术的成年工人订立师徒教学合同,帮助青年农民和农业技术推广站订立教学合同,以提高青年的技术水平。

....

二、组织和指导青年阅读书报。

团的组织要加强与图书馆的联系和合作,帮助扩大厂矿、机关、学校和集体宿舍的阅览室,协助文化馆、站建立农村图书室和流动图书箱,改进图书管理工作,推荐优秀团员担任图书室管理员,经常关心添购为青年所喜爱的新书。

广泛展开图书宣传,做好读书指导工作,

教育青年勤学好问，组织集体朗读、故事会、读书座谈会、讲座、读者与科学家和作家见面会等活动，提高青年的阅读能力，以扩大书籍的教育效果。

三、开展业余艺术活动。

团的组织要按照青年的要求和可能条件建立、扩大和巩固各种业余艺术组织，发挥业余艺术组织中团员的骨干作用，加强对业余艺术组织的政治思想领导，注意培养和运用业余艺术组织中的成员，使他们成为开展和推动群众性活动的骨干分子。

…………

四、开展体育运动，增强青年体质。

团的组织要广泛宣传体育运动的意义，积极组织青年参加各种体育活动。在厂矿、机关中推行广播体操，建立经常性的体育锻炼小组和球类、田径、器械体操等各种运动组织；在中等以上学校应协助行政有计划地推行"劳卫制"及其他体育活动；在农村应倡导和组织民兵和青年群众熟悉和喜爱的体育活动；在大中城市应会同有关方面在有组织的青年中大力开展射击、行军、航空模型、军事野营、摩托车等各种军事体育活动，以加强青年的国防教育。

…………

在开展这一工作中,各级团的组织都应当在党委统一领导下与政府文化、教育、体育部门和工会等方面密切合作,按照实际情况订出自己的计划,认真贯彻,并应经常检查执行情况,总结经验。

同时,还应注意组织各方面的力量,对群众文化活动进行指导,鼓励科学家、作家和艺术工作者为青年写作科学技术等各种通俗的读物和文学艺术作品,要关怀有文学、艺术、科学、体育才能的青年的成长,并支持他们的活动和有价值的倡议。

这次会议后,拉开了大规模开展业余文化活动的序幕。

20世纪50年代初,团组织对青年开展的一系列健康向上的业余文化活动,不仅提高了青年的社会主义觉悟,鼓舞了青年的劳动热情,培养了青年新的道德品质,同时也开创了青年团在和平时代的新的工作形式。

开展扫盲活动

1950年,中央人民政府政务院发布一系列关于开展职工业余教育的指示,并在1952年掀起"扫除文盲,普及文化"的高潮。

解放初期,文盲在全国人口中的比例,平均要占到70%左右,农村人口中的文盲,高达80%以上。文化落后的现实,对于建设新民主主义社会和实现国家工业化,是一个不利因素。为了改变农村落后面貌,党领导了一场扫盲运动。

1955年12月,团中央积极配合党中央的战略部署,作出了《关于在七年内扫除全国农村青年文盲的决定》。《决定》中指出:

> 扫除占农村青年百分之七十左右的文盲、半文盲,是实现农业合作化伟大任务的一个重要方面,也是农村实行技术改革、使用大型农业机器的重要条件。
>
> 青年团是党在扫除文盲工作中的助手,对扫除文盲负有特殊重大的责任。各级团委应当充分运用一切有利条件,积极采取具体措施,在全国农村中掀起一个群众性的扫盲热潮,使

扫盲运动紧紧跟上农业的社会主义改造的开展。

因此，团中央决定用7年时间，即从1956年到1962年，依靠已有的3000多万农村识字青年，扫除全国7000多万农村青年文盲，使全国青年文盲的80%左右脱离文盲状态，使他们每人认识1500字左右。

同时，团中央作出了《奖励扫除文盲运动中的青年积极分子的办法》。把分散的农村知识青年团结和组织起来，更好地发挥他们的作用，解决扫盲的师资困难。

1956年1月，团中央又发出了《关于普遍建立青年扫盲队的通知》，要求全国农村团的组织普遍建立青年扫盲队，组织农村知识青年担任民校、记工学习班、识字小组的教员和辅导员。

团中央号召各级团委充分利用一切有利条件，在全国农村掀起一个全国性的扫盲热潮，使扫盲工作紧紧跟上农业社会主义改造的开展。

各地团委迅速行动起来，加强领导，制订规划，层层落实，在全国范围内再次掀起了扫盲高潮。

从1955年冬至1956年春，全国入学人数有6000多万人，其中工农青年4000多万人，其中主要是农村青年。据统计，仅1955年秋后的一年时间里，全国农村就扫除文盲六七百万人。到1957年，全国共扫除文盲约3000万人，其中青年2000多万人。

青年团协助各级政府，在扫盲运动中发挥了积极作用。团员青年作为党组织的得力助手,在动员群众入学、帮助群众转变思想观念以及指导群众学习和生产方面发挥了积极的模范带头作用。

在扫盲运动中,有一位扫盲模范叫宋士和。

1947年,18岁的宋士和,参加了人民解放军。第二年,他光荣地参加了中国共产党。1948年在战斗中他受了重伤,只剩下一只左手还能活动。宋士和想:"我这一辈子算完了,不能再为党工作了。"

就在宋士和最苦闷的时候,医院党委韩书记来到他的床边,握着他的手说:"革命嘛!还能不流血,坚强起来,你还能继续为党工作。"然后给他送来《钢铁是怎样炼成的》这本书看。

保尔的光辉形象鼓舞了宋士和,他想:保尔全身瘫痪,双目失明,还能为党工作,我有一双眼睛和一只胳膊,就不能继续为党工作吗?想到这里,他增加了克服困难的勇气和信心。

从此,宋士和一边读书一边用左手练习写字。一开始,手一点儿也不听指挥,别说写字,连笔也握不好,但他毫不动摇,白天伏卧在床上,在纸上练习写,晚上在肚皮上和腿上画。

练习了一个多月,终于写出字来了。这时,宋士和在日记本上写了这样一段话:

敌人能打残我的身体,却打不残我这颗跳

动的心。尽管我再不能扛枪，再不能做体力劳动，但我要用这只能活动的手，用我的一张嘴，两个耳朵和眼睛，继续为党工作。

医院韩书记听说宋士和能写字了，高兴地来看他，笑着对他说："病魔最怕有坚强意志的人，你的意志越坚强，它就逃得越快，现在你已经胜利了，不过这还只是开始，你还要继续努力与困难作斗争。"

韩书记的话，给宋士和很大的鼓舞和教育。从此，他便积极地学习起来。书，一册接一册地读着；日记，一天接一天地写着。他的行动，感动了医生和护士，医院党支部评他为模范病员。

宋士和一直在医院住了16个月。在住院的过程中，宋士和接二连三地写申请书，要求出院，好为党做点工作。1949年冬，经他再三申请和要求，医院党委批准他回到家乡山东蓬莱县宋家村。

回家的当天，宋士和就把党关系的信交给了村支部书记宋恩全，在关系信里还夹了一份申请书，要求组织立即给他分配工作。

宋恩全看他完全瘫痪了，连坐都坐不起来，就安慰他说："同志，别忙工作，你的任务就是休养，等身体好了后，再给你工作。"

宋士和一听，急忙握着书记的手说："我已经休养了好长时间，怎么还叫我休养？我一定要工作。"

可是支书没有答应他的要求。

于是，宋士和发奋学习，以准备为党工作的条件。他先找了一本《毛泽东选集》来学，同时经常看报纸。由于文化水平低，很多地方看不懂，他就买了字典，有生字就查。他把学到的字和词写成一张张小纸条，贴在墙上，贴在蚊帐上，随时看，随时读。

村里的青年人看到他家有书报，都跑来看书读报。趁这个机会，宋士和就给他们讲些战斗故事，进行教育。

很快，在宋士和周围吸引了一大帮人，有青年，有老人，也有小孩。大家都愿意听他讲故事，说道理，并且叫他是"开心的钥匙"。

这时，宋士和真有说不出的高兴。心里想：这不是在为党工作了吗？

后来，宋士和家里的人越来越多，小屋都容纳不下了。一位爱看报听故事的宋大爷提议说："孩子，咱办个民校吧，你每天晚上给俺说上一段。"

"好！"全屋老少齐声响应起来。这是一股巨大的力量，它汇成一股澎湃的激流涌向宋士和的全身，他激动地说："太好了！我一定好好给大家讲。"

于是，宋士和把这个建议报告给党支部，宋书记鼓励他说："好好干吧！有什么困难找我。"从此，他就成了民校的教师。

民校开学了，村中青年小伙子，背着宋士和去讲课。第一天，班里就到了40多人。

宋士和给大家讲了当前的形势和学习的重要性。讲完课，他领大家唱起歌，大家情绪很高，年轻人都争着来背他，使他觉得更有劲了。

1953年冬天，民校人数突然减少，宋士和心里很不安，便让哥哥背着他挨家挨户去访问。

有一天傍晚，天突然下起大雪，还刮起了西北风。道路被雪盖住了，为了不影响大家的学习，宋士和仍叫哥哥背他上民校。

哥哥背着他走了不远，就滑倒在地，跌在小沟里，宋士和也被摔出去四五步，胳臂也被石头划破了。哥哥爬起来扶着他说："士和啊！回去吧！这样大风大雪的走不过去。"

宋士和擦了擦胳膊上的血说："哥哥，不能回去，越是这样天气，民校越需要我去。我的工作应坚持到底，不受大风大雪阻拦。"

学员们一看宋老师这样的天气都来了，很受感动。当他们发现他左手上有一片血，就喊起来，但宋士和却笑着说："挂了点小花算啥，没有事。"说着就讲起课来。

下课后，大家都说："宋老师只有一只胳膊，不怕大风大雪，还能坚持教学，我们一定要好好学。"

在宋士和的精心指导下，民校越办越兴旺，来学习的人一天天多了起来，大家的学习积极性也大大提高了。民校不单搞扫盲，还成立了高小班和初中班。

1959年冬天，全省举行扫盲与业余教育大会考，全

村有20名文盲摘掉了帽子，有32人到了业余初中水平。宋家村成为了文化村，并被公社党委授予"铁民校"的光荣称号。

在当时，扫盲运动不但在文化上使广大农民摆脱了旧社会的愚昧，打开了知识文化的大门，从而实现自身的解放，而且为广大农民通过技术革命改变农村的落后面貌提供了重要的历史条件。

开展为祖国建设立功活动

1955年9月20日至28日，全国青年社会主义建设积极分子大会在北京隆重召开。

党和政府非常重视这次大会。会前刘少奇、周恩来、朱德分别为大会题词，邓颖超、吴玉章写了祝贺大会召开的文章。

这次大会是全国各族优秀青年向社会主义进军的大会师。来自全国各条战线的青年积极分子共1527人出席了大会。他们是1953年以来，在各个战线上获有优异成绩的青年社会主义建设者和祖国的保卫者。

其中有突出成绩或有重大创造发明的青年先进工作者，优秀的青年模范工作者，出色的青年突击队等，以及学校、科学研究、卫生、新闻、出版、广播、文学艺术、体育等文化教育部门中有出色成绩的青年先进工作者和模范教师，青年作家和艺术家，创造国家新纪录的优秀运动员，部队中的青年英雄模范等。苏联、朝鲜、越南、蒙古4国青年也派了共35名代表参加了大会。

青年团为了更好地发挥青年在国家建设中的积极性和创造性，焕发青年建设祖国的热情，表彰优秀青年，传播先进经验，同时动员全国青年为完成和超额完成第一个五年计划而奋斗。1955年2月，青年团二届二中全会决定，于当年 9 月召开全国青年社会主义建设积极分子大会。

决定公布后，各地青年立即开展了"争做一个社会主义建设积极分子"和"为社会主义建设立功"活动。

自 9 月 1 日至 10 日，全国 20 个大中城市举办了"全国青年社会主义建设积极分子大会"电影周和书籍宣传周等活动，对青年进行形象化的热爱祖国、建设祖国和保卫祖国的教育。在这些活动中，全国涌现出约 400 万青年积极分子。

在全国青年社会主义建设积极分子大会上，邓小平代表党中央作了讲话。

胡耀邦代表青年团中央向大会作了题为《中国青年为实现第一个五年计划而斗争的任务》的报告。在报告中，他号召：

全国青年行动起来，积极参加社会主义工业化建设和农业合作化运动；学习文化，掌握技术，向科学进军；提高革命警惕，保卫祖国的社会主义建设。

在大会期间，团中央给出席大会的青年积极分子颁发了"青年社会主义建设积极分子奖章"，向 163 个先进集体颁授了写有"朝气蓬勃、永远前进"的八字锦旗。

9 月 28 日，党和国家领导人毛泽东、刘少奇、周恩来、朱德、宋庆龄等出席了会议闭幕式,并且与全体青年积极分子合影留念。大会闭幕后,出席会议的青年积极分子应邀参加了国庆活动。

这次大会在全国各界青年中引起了强烈反响,振奋了广大青年的精神,鼓舞了青年的斗志,更加坚定了青年建设社会主义的信心和决心。

在团中央召开全国青年社会主义建设积极分子大会的同时,各地方团委也在当地各级党委的支持下层层召开青年社会主义建设积极分子大会,掀起了表彰先进、学习先进的热潮,参加的总人数有50万以上。

这种召开积极分子大会的活动在青年中产生了广泛的影响,出现了人人为社会主义建设作贡献,人人争做社会主义建设积极分子的热潮。

在全国青年社会主义建设积极分子大会后,全国青年深受鼓舞和教育。他们积极响应大会发出的"在党和毛主席的领导下,向伟大的社会主义前进"的号召,纷纷制定或修订计划,大力组织青年突击队,在工业战线广泛开展了劳动竞赛和增产节约活动;农村青年积极入社,以实际行动迎接农业合作化高潮。

"争做一个社会主义建设的积极分子"和"为社会主义建设立功"活动,极大地调动了青年参加社会主义工业化建设和农业合作化运动的积极性、创造性,有力地促进了社会主义改造运动,推动了国家第一个五年计划的胜利实现。

开展植树造林活动

1956年3月1日,团中央在陕西省延安召开了陕西、甘肃、内蒙古、山西、河南五省、区青年造林大会,由此拉开了青年植树造林绿化大型活动的序幕。

新中国成立后,为了改变中国森林资源缺乏的状况,1955年,毛泽东主席向全国人民发出了在12年内绿化祖国的号召。党中央在《1956年到1967年全国农业发展纲要草案》中也规定:

从1956年开始,在12年内,绿化一切可能绿化的荒地荒山,在一切宅旁、村旁、路旁、水旁,以及荒地上荒山上,只要是可能的,都要求有计划地种起树来。

1955年10月26日,团中央发出了《关于召开陕西、甘肃、山西、河南、内蒙古等省(自治区)青年造林大会的决定》,并决定开会时间在1956年3月,地点是延安。

当时,根据陕西、山西、甘肃、内蒙古、河南五省(区)土质松、树木少、水土流失严重的状况,同时考虑到处于黄土高原中心地带的延安,曾经是中国革命的大本营，党中央曾在那里生活战斗了13个春秋。新中国成立后，延安成为亿万青年心驰神往的圣地。但当时的延安由于树木稀少，水土流失严重，农田产量年年下降。因此，把具有全国意义的五省（区）青年造林大会放在延安召开。

青年造林大会在延安召开的消息，鼓舞了全国青年，全国立即掀起了一个规模空前的植树造林活动。

在这次植树造林活动中，山西省太原市南城区友谊自学小组的11名初中毕业生，为了采到最好的树种，赶到25公里外的濯玛村。随后又步行30公里，到榆次县鸣李村连续采种三天。他们共跑了20多个村子，行路150公里，采种285多公斤树种全部送到了延安。

浙江省的青年给延安杨家岭送了1000株包括水杉、雪松、白核桃和碧桃树等共17种名贵树苗，为了保护好这些树种的运输安全，由杭州市建设局园林管理处技术员黄根品负责运送。这个积极热情的小伙子，一路上坐在货车里，不离开树苗。旅途中喝水不方便，常常渴得口干舌燥，但是为了保证苗木安全，他宁肯自己忍受痛苦，总是先给苗木浇水。经过8天8夜，终于把1000株苗木安全地送到了延安交给大会管理，可黄根品仍然每天都去看一回。

有一次，黄根品发现放苗木的窑洞门有一条缝，就亲自拔野草把缝塞严。他还给管理人员讲解保护苗木的技术，和管理人员做了知心朋友。

陕西省委和延安等地的党委对团中央这一决定十分重视，把这个大会看成是全省人民的一件大事。他们专门开会研究并作出部署，团省委就此发出了贯彻团中央《决定》的指示和通知，先后在全省青少年中掀起了两次突击造林热潮。延安专区所在地的机关、学校青年，首先在革命旧址杨家岭营造了一处"延安青年林"，作为向大会的献礼；黄陵县在团的基层干部训练班里，组织了青年造林大队，带头在黄帝陵对面造了一片"青年爱国林"。接着全县青年纷纷行动，近三天时间就整片造林127亩，零星植树13.6万株；临潼县15万青少年为迎接大会的召开，组织起896个造林大队，开展了造林突击周活动，整片造了"青年林""少年林""三八林"102处，面积达上万亩；米脂县杜家石沟爱好村造林突击队，一个上午种树10亩，比其他群众快一半，还保证了质量；韩城县五峰区4个村子的39名青年，到处采集树种，自行勘察地形，用三天时间在330多亩荒山上种满了树；绥德县寺坪村团支部书记张向业左手残疾，还用右手栽了1600多株树。榆林专区的青少年，提出了营造"共青团万里绿长城"防沙林带的规划，决定每年要在长城内外至少营造一条长650公里的防沙林。

截至五省（区）青年造林大会前，陕西全省参加造林的青少年有400多万，他们组成了5000多个造林队或造林突击队，营造了18万多亩青少年林，零星植树3000多万株，育苗3000多亩，采种40多万公斤，绿化铁路、公路500多公里，涌现了350多个先进集体和800多名积极分子。

据统计，从1955年入秋至1956年春，全国有6600万青年投入植树造林的洪流，共造林546万亩，种植树木22亿株，并把4万公斤树种、7000多棵树苗送到了延安。

1956年3月1日下午，陕西、甘肃、山西、内蒙古、河南五省（区）青年造林大会，在延安隆重开幕。

大会会场设在宝塔山旁原陕甘宁边区的会议礼堂。参加大会的有来自全国27个省市自治区的1204名代表，他们中有团干部，有优秀的林业工作者，有各地植树造林、护林和水土保持中涌现的青年积极分子。团中央书记胡耀邦、国家林业部副部长罗玉川、黄河水利委员会主任王化云、中共陕西省委副书记白治民、陕西省副省长谢怀德等领导同志出席大会。党中央为这次大会发来了贺电。

在开幕式上，团中央青农部部长张曙光代表主席团致开幕词，接着，由团中央书记胡耀邦宣读党中央致大会的贺电。贺电强调了植树造林对于我国经济建设的重大意义，充分肯定了青年造林的积极性和已取得的成绩，指出："大规模地植树造林，不但要依靠国家的规划和扶助，更重要的是要依靠广大群众特别是我国1.2亿青年建设社会主义的积极性。"贺电要求青年在造林活动中"不但要快造，而且要造好；不但要多栽，而且要栽活；

不但要植树，而且要育苗；不但要造林，而且要护林"。贺电宣读完毕，代表们全体起立，长时间地热烈鼓掌，对党中央的亲切关怀和教导，表示衷心的感谢。

3月2日，胡耀邦代表团中央向大会作了题为《青年们！把绿化祖国的任务担当起来》的动员报告。

报告深入浅出，用大量的历史资料和现实状况，向青年讲述了森林遭到毁坏的历史悲剧，讲到了新中国成立后，党和政府加快经济建设，决心改变旧貌的历史使命。报告还以朴实无华又激情四溢的语言，用青年造林积极性的大量事实，展现了美好的远景，提出了绿化祖国的紧迫性和可能性。

报告对党中央给大会贺电中指示的"不但要快造，而且要造好；不但要多栽，而且要栽活；不但要植树，而且要育苗；不但要造林，而且要护林"的40字造林方针，作了详细阐发，并提出了具体要求，从而为全国青年在今后12年的植树造林活动指明了方向。

报告还指出"绿化黄土高原，做好高原的水土保持，是五省（区）全体青年的一项艰巨的、相当长时期的而又是十分光荣的任务。"

当时农村青年中流传的一首歌谣也被引入到报告中：

高山远山森林山，远山近山花果山，山坡背阴松柏树，杨柳栽满河道边，公路两旁林荫道，村庄左右果木园。沿河荒滩淤成地，山腰

缓坡变梯田，牛羊成群牧草旺，粮食满仓鸡鸭全，山川秀丽风光好，幸福生活万万年。

胡耀邦的报告不断地被一阵又一阵掌声所打断，青年们被深深地感染了，植树造林的热情被空前地激发起来了。

在会上，浙江省代表、杭州西湖园林场青年技术员黄根品当即向大会主席团提出申请，要求留在延安，扎根黄土高原，用青春和汗水染绿延安的荒山秃岭。

几天后，黄根品的要求被批准了。当消息在大会上一宣布，代表们激动得把他抬了起来，这就更增添了大会的热烈气氛。

3月7日，全体代表和延安青少年近一万人分赴宝塔山、清凉山、凤凰山和杨家岭进行植树活动。代表们在杨家岭挖了3000多条环水平沟，总长度为3.33万米，栽了三万棵树。

与此同时，延安的青少年们也在宝塔山、清凉山和凤凰山造林79亩，植树三万多株。

在大会上，来自全国各地的代表作了发言，分别介绍了他们在植树造林、采种育苗、护林防火等方面的事迹和经验。

3月11日，大会在延安胜利闭幕。闭幕式上，全体代表通过了《关于绿化黄土高原和全面开展水土保持工作的决议》。

五省（区）青年造林大会共开了 11 天。这次大会是新中国成立以来，中国青年第一次全国性植树造林动员大会。

大会极大地鼓舞和激励了广大青年的造林热情，有力地促进了我国林业建设和群众性植树造林活动的蓬勃发展。以这次大会为起点，全国广大青年在团组织领导下，开始了大规模的、有组织有计划的植树造林、绿化祖国的活动。

1955 年秋至 1956 年春，全国有 6660 万青年参加这一活动，造林 546 万亩，植树 22 亿株。1956 年 3 月，五省（区）青年造林大会进一步推动了活动开展。仅 1956 年，全国就有 1.2 亿青少年参加植树造林活动，组织了数以万计的青年造林突击队，先后开展了绿化长江、绿化黄河、绿化长城、绿化西北黄土高原活动，筑起了东北、西北和内蒙古防护林带，东起府谷西至定边的陕北防沙林带，绿化了成千上万的荒山、荒滩、荒沟等。

从此，每年的 4 月 1 日和 11 月 1 日，组织带领广大青少年开展规模巨大的植树活动，成为青年团组织的一项优良传统并延续下来。

开展向科学进军活动

1956年1月,中共中央召开知识分子问题会议,中共中央书记处书记周恩来作了《关于知识分子问题的报告》,向全党和全国人民发出了"向科学进军"的号召。

团中央积极响应党的号召,在广大青年中开展了向科学进军的活动。团中央要求各地团组织应把培养青年专家、带领青年向科学进军、努力普及文化工作作为当前的重要任务。

各地团组织广泛地向青年进行了"向科学进军"的动员,并帮助青年解决了许多学习和科研中的实际困难,全国知识青年迅速掀起了一个向科学进军的热潮。

全国知识青年们抓紧业余时间认真读书,刻苦钻研科学难题,许多人订出了个人进修规划。在一些机关、厂矿企业部门,一些青年成立了科研小组,密切联系工作实际进行专题研究,并获得重要成果。

陕西青年农民科学家王保京就是通过刻苦钻研考上了大学,并克服重重困难很快完成了学业。

在旧社会,王保京只念过一年半小学。解放以后,王保京在党一手培养下,从1952年开始,他就在所在的烽火合作社大胆地搞玉米丰产科学试验。

在几年中,王保京和农民兄弟们突破了重重困难,终于摸索出一整套的玉米丰产经验，创立了一项宽行间作套种的耕作制度，在陕西省树立起一面大搞农业技术革新的新旗。

当时，陕西省委为了使广大农民学习系统的农业理论知识的经验，决定送王保京和他的几个战友上大学。为此，王保京兴奋、激动得好几夜都没有睡好觉。

1960年2月7日，王保京迫不及待地扛起行李，和搞丰产试验的战友张文信、王行兴几个小伙子一起，到西北农学院上学来了。他们受到了西北农学院师生的欢迎。

自从1955年以来，在大搞农业技术革新的活动里，西北农学院教授和王保京所在的烽火社，就互相协作，常来常往，成了朋友。

但是，要在一年多的时间内，能让这些小学和还不及小学文化程度的农民，补中学课，上大学课，而且要在一些主要课程上达到大学水平，并不是一件很容易的事。

因此，西北农学院党委决心采取革命的措施，通过对这几个农民的教学，为工农群众知识化摸索出一些经验来。全年共安排了14门课，每门课配备一个老教师和一个年轻教师。

第一门课上的是植物课，一个中年女老师笑眯眯地走进教室来了。王保京和伙伴们一看，也咧嘴笑了，这不是曾经在公社下放锻炼的张智敏吗？

张智敏讲课就像在劳动之后，和农民兄弟谈天一样，讲解中联系了学生们所熟悉的东西，很容易听懂。第一堂课上得很愉快。

学校为了使他们以后学数学、物理、化学等课方便起见，安排了一天时间教拉丁文字母。上拉丁文课时，外语老师很热情，上课前就为每个学生准备了一套字母卡片。

可是，学生们从来没见过这歪歪扭扭的字，费了很大的劲，也画不出个样子来！读起来，音发不准，舌头总不听人使唤。真使他们伤透了脑筋。

王保京性子急，越急越念不好，恨不得把那些字母都吞下去。下午上课的时候，他突然灵机一动，问张文信："你看 T 像个啥！"

张文信说："钉子。"

王保京说："对呀，咱们给那些难记的字母，都起上外号，不就好记了吗？"

他们于是，你一句，我一句，给许多字母都起上了外号，这么一来，就好学多了。

晚上，外语老师专门考了他们一次，从发音、大写、小写，26 个字母，用一天时间，每个人都学会了。老师满意地笑了。

接着，王保京和农民伙伴们，又学数学、物理和化学。一堂接一堂，课程越来越多，内容越来越复杂，他们也越学越困难，越学越有些啃不动了。

真是难啊！老师在讲台上很耐心，用尽方法想把这个定理、那个定律往他们的脑子里灌，可是，学生听不懂，不入耳，抓不住头尾。这个名词、那个概念，推算又推算，公式套公式，什么原子、分子、质子、中子……越学越难。

5个星期过去了。王保京和伙伴们，从早到晚，日日夜夜，埋头学习。然而，死记教条，硬背书本，使他们尝到了从未尝过的苦味。渐渐地，小伙子们心发慌了，在教室坐不住了，一听见火车叫，心就跑回社里去了。

张文信在社里是一个非常精干的小伙子，是"党指到哪、干到哪"的青年突击队长。他能很快地掌握农业技术，还能创造性地加以推广，被誉为生产能手。可是，在西北农学院半个月了，他却大伤脑筋。

一次，化学老师讲原子结构，张文信不明白，问道："原子是什么东西？能不能叫我们看看？"

老师笑了："原子只有在超电子显微镜里照出相来才能看见，肉眼看不见，也摸不着，只能凭想象！"

于是，张文信想象开了，可是越想越麻烦。他又问："原子是不是原子弹？"

老师说："不是。原子是组成分子的最小单位，分子是组成物质的最小单位……"

越问，新名词出来越多，越听不懂，就再不敢问了。可是，不懂怎能不问呢？张文信日夜突击，闹得饭吃不好，觉睡不好。他想，照这样下去，还不如早些收了吧。

一天，张文信对王保京说："王社长，我学不好，这科学迷宫，我怕进不去了。还是叫我回社和大伙搞生产去吧。"

这时候，西北农学院党委陈吾愚书记到宿舍看他们来了。他和他们谈心，关怀地对他们说："学习不太顺利吧？农民上大学是个新事情，我们要做新事情必然会碰到许多苦事情，克服了苦事情，就变成了喜事情了！"

在学院党委的亲切关怀下，王保京召集伙伴们连着开了几次思想检查会。

他们首先从自己身上下手，提出要克服"五怕"，攻破"五关"：名词关、笔记关、计算关、实验关、理论关。他们还提出"五抓"：抓重点、抓实际、抓对比、抓关系、抓应用。他们9个人分成三个互助组，互相帮助，共同前进。由于他们不断寻找窍门，刻苦钻研，渐渐地开始摆脱困境，学习顺当些了。

张文信得到"五抓"的学习方法，尤其听王保京说要抓重点以后，思想解放了，也不失眠了。在以后的功课里，他学得很起劲。

王保京和伙伴们不断提高自己的思想觉悟，勇敢地向科学迷宫前进。王保京自己学习很刻苦，而且经常鼓励伙伴们说："咱们先要把思想搞通，想退路是不行的！这是给自己丢脸，也是给党给农民丢脸！现在，在咱们面前摆着两条路：一条是雄心壮志的路，一条是懒汉懦夫的路。你是走哪一条路呢？上呢，下呢？进呢，退呢？数、理、化再难，也是人创造出来的，我们是人，总能把它学会！科学身上长刺，我们要碰它；理论是刀山，我们也要上!"

王保京说到做到。他和伙伴们冲破一个又一个难关，从不退后，只是向前。

这一天，王保京做化合物分子式反应复习，从早晨到中午，也没有演算出名堂来，让他心里发毛，浑身发火。可是，当他知道这些分子式和农业生产有密切关系的时候，就下了狠心。一吃完午饭就又接着演算开了。直到深夜两点钟，他终于从桌边跳起来，分子式演算成功了！

王保京和伙伴们，一步步前进，一步步取得了胜利。他们在学习上越刻苦、越钻研，求知欲也就越旺盛，对老师的要求也越来越多。

在学每门课的时候，王保京他们都向老师提出了各种问题：问学习的科学性、目的性；问科学定律的来源；问创造定律的人碰到什么困难，又怎么克服困难的；问定律和实践的关系等。

老师在给农民教学过程中，花了不少脑筋，也摸索出了不少经验。他们越来越迫切地认识到教学改革的必要性，也尝试着使教学更深入地和生产实践相结合。

为了提高教学质量，学院党委提出了先实践后理论、先具体后抽象、先简单后复杂的教学原则。随着教学体系的变革，内容也在重新编写，删掉了大量陈旧、落后、烦琐和重复的东西，增加了和生产实际相联系的内容和现代科学的最新成就。这样一来，老师教课摸到了方法，学生学起来也顺当了。

就这样，在 150 多天里，王保京和农民伙伴们，只花了 700 多个小时，就已经把数学、物理、化学和植物等基础课攻下来了。

在学习过程中，王保京还不断地给社里写信，改进各种试验内容和方法。在上化学课中，他学会了糠醛的制作，知道了其在农业上的用途，就立即跑回社里，筹建起了一个糠醛厂。

王保京还动员了几个老师和他一起回到社里，在农业技术学校里开办一个高级班，他希望和他一样的农民都能掌握高深的科学知识。

王保京说："原来，这个科学迷宫，和农民只隔着一层纸，用手一捅就破了，一点也不神秘！"

经过一年的努力，王保京和他的伙伴们已经按照预定的教学计划，学完了农学院农业专业的 14 门课程，其中包括基础课、专业基础课和专业课。

在毕业考试中，他们的成绩全部优良。王保京拿到毕业证书后，非常激动地说："科学并不像有些人所想象的那样神秘。只要下决心学，任何人都是能掌握的。"

全国青年向科学进军活动的开展，调动了广大青年学习的积极性，培养了虚心学习、刻苦钻研、大胆创造的良好学习风气。

同时，这个活动也丰富了青年们的知识，提高了业务水平，有的还取得了重大成果，为祖国的社会主义建设和科学事业的发展，作出了有益的贡献。

团结教育工商界青年

1956年2月22日下午,全国工商界青年积极分子大会在北京召开。

在新中国成立初期,全国约有青年资本家7万人。他们比老一代资本家的顾虑少,这些人容易接受改造也容易改造,是资产阶级中最容易争取的部分。

1956年1月,党中央正式向青年团组织提出了对工商界私营企业中青年改造教育的工作任务。

根据中央的指示精神,各地青年团组织工商界青年进行学习和开展自我改造活动。有的市还组织了固定的"工商界青年学习小组",学习的内容有时事政策,政治常识等,有的还系统地学习了社会发展史。

学习活动使工商界青年们了解党的方针、政策的正确性,打消了他们思想上存在的一些疑虑,教育他们积极自觉地参加到各项工作中去。

青年团还采取各种形式的活动,举办各种健康有益的文娱体育活动,有计划地组织工商界青年与工农青年接触,培养他们集体主义精神和健康饱满的革命乐观主义的生活情绪。各种活动搞得生动、活泼。

为了进一步推动工商界青年接受社会主义改造,使他们在私营工商业改造中发挥更大作用,1956年2月6

日，青年团中央向全国发出通知，决定同全国青年联合会一起联合召开全国工商界青年积极分子大会。

1956年2月22日，全国工商界青年积极分子大会在北京政协礼堂召开。会场上挂着大幅横幅：

> 立志做一个光荣的劳动者，把青春献给伟大的社会主义建设事业。

参加这次大会的工商界的青年积极分子共有809人。他们有许多人是在这次资本主义工商业的社会主义改造高潮中涌现出来的。

14时30分，会议由胡耀邦代表中华全国民主青年联合会和中国新民主主义青年团中央委员会致开幕词。

胡耀邦首先对工商界青年积极分子在接受社会主义改造中的良好表现，表示热烈地欢迎。他说：

> 我国资本主义工商业的社会主义的改造虽然已经取得了决定性的胜利，但是，要把我国所有的资本主义企业改造成为完全的社会主义企业，要使全国所有的工商业者改造成为自食其力的劳动者，还需要做重大的努力。
>
> 在这种情形下，全国工商界青年应该如何进一步地提高自己的觉悟，应该如何跟祖国一道前进，为社会主义立功，我们想，这是你们

最关心的问题。我们的大会正是要解决这些问题，希望你们在会上对这些问题认真地讨论。

胡耀邦最后预祝到会的青年积极分子，在这次大会后能为祖国作出更出色的贡献。

在会上，廖承志代表中华全国民主青年联合会和中国新民主主义青年团中央委员会向大会作"跟祖国一道前进，为社会主义立功"的报告。他在报告中向工商界青年积极分子和全国工商界青年提出了三项任务：

一、要积极参加企业合营以后的改造，改进经营管理，努力发展生产，还没有清产核资的，要积极地、实事求是地做好清产核资工作。

二、诚实地劳动，努力树立热爱劳动的观点，不断地学习和提高自己的劳动技能。

三、积极参加政治学习，改造思想，提高社会主义觉悟。

全国工商界青年积极分子大会开了8天。这次会议在全国工商界青年中产生了良好的影响。各地工商界青年要求学习的情绪比过去更高，为社会主义立功的劲头也更大了。

二、社会主义建设时期

● 邓小平在祝词中指出：我们的祖国，由于社会主义改造的基本完成，已经进入了一个新的历史时期，我们的青年运动也将随之进入一个新的历史时期。

● 在这次青年团的盛会之后，青年团组织的名称从此正式改为"中国共产主义青年团"。

● 炮兵连一匹胆小性躁的战马，骤然受惊，背着高大的钢铁炮架，疯狂地蹿上轨道。

第三次团代会开幕

1957年5月15日下午的北京,阳光明媚,中国新民主主义青年团第三次代表大会在全国政协礼堂隆重开幕。

这次全国性的共青团代表大会,是解放后第一次规模巨大、盛况空前的大会。

参加这次大会的代表共1493人,他们代表着全国2300万名青年团员。他们在大会开幕前一小时就兴高采烈、精神焕发地来到政协礼堂。整个会场里洋溢着一片青春的气息,来自全国各条战线的优秀青年代表见面后不断欢叙,到处都洋溢着欢声笑语。

党中央和国务院非常重视这次会议,在大会开幕时,毛泽东等国家领导人走进会场时,整个政协礼堂沸腾了,代表们眼含热泪不停地呼喊:

毛主席万岁!
共产党万岁!
……

中共中央主席毛泽东,副主席刘少奇、周恩来、朱德、陈云和政治局委员邓小平、董必武、彭真,政治局候补委员陆定一、书记处书记李雪峰,候补书记杨尚昆以及中国各民主党派、各人民团体的代表出席了大会的开幕式。

当出席会议的党和国家领导人走上大会主席台时，全体代表起立，暴风雨般的掌声和欢呼声响遍全场。

15时整，大会主席团人员首先走上主席台相继入座。接着，应邀列席这次大会的苏联、越南民主共和国、罗马尼亚、保加利亚、捷克斯洛伐克、朝鲜民主主义人民共和国、德意志民主共和国、意大利、匈牙利、阿尔巴尼亚、法国、南斯拉夫、蒙古、英国、日本等15个国家的兄弟青年组织代表也走上主席台相继入座。这时，热烈的掌声把台上和台下连成了一片，整个会场的气氛显得非常热烈。

大会在雄壮的国歌声中开幕。大会主席、团中央书记处书记廖承志宣读开幕词。

廖承志指出这次大会的任务是：团结全国青年为建设社会主义的新中国而奋斗。他号召青年团不分信仰、不分出身、不分民族地把全国青年紧密团结在爱国主义的旗帜下，向着建设社会主义社会的目标前进。

廖承志在讲话中，代表全国青年感谢中国共产党和毛主席为中国青年指引了正确的方向，感谢党和毛主席始终关怀着青年们的成长。他说：

让我们热烈地向我们伟大的中国共产党，向毛主席，致以最崇高的敬意。

这时，全体代表起立，不断热烈鼓掌，欢呼：

毛主席万岁！
共产党万岁！
…………

廖承志又对参加这次大会的我国各民主党派、各人民团体的领导人以及来自各个国家的兄弟青年组织代表团，表示热烈欢迎！

全场再一次起立，热烈鼓掌！

中共中央总书记邓小平代表中共中央向大会致祝词。他在祝词中指出：

亲爱的代表同志们：

中国新民主主义青年团从1949年成立以来，到这次第三次全国代表大会的召开，已经八年了。

这八年当中，青年团在中国共产党的领导下，积极参加了我国的民主革命和社会主义革命的斗争，积极参加了伟大的社会主义建设。青年团在自己的工作中，表现得不愧为祖国的优秀儿女的旗帜，不愧为党在各个战线上的有力的助手。

现在，我们的祖国，由于社会主义改造的基本完成，已经进入了一个新的历史时期，我们的青年运动也将随之进入一个新的历史时期。

作为这个伟大的历史性转变的一项标志，就是中国新民主主义青年团将要在现在召开的第三次代表大会上，改名为中国共产主义青年团。我谨代表中国共产党中央委员会向你们致以最热烈的祝贺。

用共产主义青年团来作为我们这支青年先进队伍的名称，不只是给全体青年团员带来了巨大的光荣，而且也在中国青年的肩上放上了更为繁重的任务。

这个任务，就是在党的领导下，用共产主义的精神教育青年一代，团结全体青年积极参加建设社会主义的劳动，以便尽快地把我国建设成为一个伟大的社会主义工业国，为将来实现共产主义准备条件。

…………

中国共产党中央委员会在这里向工农业生产战线上的全体青年男女表示敬意。他们是我国社会主义建设事业的急先锋，是人民幸福生活的创造者。我们希望他们用更大的努力增产节约，希望他们更出色地完成自己的任务。

在邓小平致辞结束后,全体起立鼓掌。

团中央书记处书记廖承志激动地说:

> 我们感激中共中央的祝贺,我们代表二千三百万青年团员向党和毛主席保证,中国青年将按照党所指出的方向,永远前进。

大会热烈地讨论了党中央的指示,决定把"劳动、学习、团结"作为我国青年在社会主义建设时期的战斗口号。

全体代表用有力的掌声表示了这个伟大的意愿。

接着,中国国民党革命委员会副主席蔡廷锴、中国民主同盟副主席章伯钧、中国民主建国会副主任委员胡子昂相继致祝词。他们的发言都得到了热烈的反应,发言不时被掌声所打断。

接着,团中央第一书记胡耀邦代表中国新民主主义青年团第二届中央委员会向大会作《团结全国青年建设社会主义的新中国》的报告。

报告在总结过去四年团的工作的基础上,并根据新的形势,提出了青年团此后工作的方针任务:

> 团结和教育全国青年,在党的领导下,为完成党的第八次全国代表大会所提出的尽可能迅速地把我国建设成为一个伟大的社会主义国

家这个历史任务而奋斗。

在建设社会主义的伟大斗争中，我国青年的任务可以用三个口号来概括，就是积极劳动，努力学习，加强团结，即"劳动、学习、团结"六个字的方针。

报告还阐述了青年团应该善于代表青年利益，采用群众路线的工作方法加强团的建设等问题。

中共中央政治局候补委员、宣传部部长陆定一以老共青团员的名义向大会祝贺，并阐述了政治思想工作的问题。

国务院副总理、国家计委主任李富春作了题为《勤俭建国》的报告。

大会听取、讨论和通过了团中央第一书记胡耀邦作的《团结全国青年建设社会主义的新中国》的工作报告。

在大会开始前和休息期间，毛泽东和党中央其他领导同志会见了大会代表团，并作了亲切的交谈。

胡耀邦在休息室宣布："现在是年轻一代同老青年团员会见！"

毛主席和中央首长来啦！代表们的心突突地跳起来，只见穿着灰色毛料中山装的毛主席笑容满面地出现在休息室的门口，他迈着稳健的步伐走来，一边走一边和代表们一一握手，他说："哈哈，我也是个老青年团员哪！"他声音洪亮，风趣幽默。

毛泽东走到一个广西代表团的同志面前时，亲切地同他握手，年轻人激动地一遍遍呼喊："毛主席！毛主席！毛主席！"毛泽东听懂了他的客家话，握着他的手在一旁的沙发上坐了下来，亲切地问道："你是哪里的？"

年轻人激动地回答："广西！广西博白县！"

另一个广西代表欧阳云莲同样激动地说："广西！广西壮族！"

这时，代表们早已一拥而上围住毛主席。毛泽东从茶几上拿起一支香烟，轻轻地吸了一口说："广西是个好地方哪！"

广西代表又一次兴奋无比地说："请毛主席光临我们广西！"

在开幕式结束时，毛主席和各国青年组织的代表们一一握手致意。

《人民日报》在当天对大会作了如下报道：

中国新民主主义青年团第三次全国代表大会15日下午在北京政协礼堂隆重开幕。这次大会标志着我国青年运动进入一个新的历史时期。

命名共青团通过新章程

在青年团第三次代表大会召开的第二天，全体与会人员在认真讨论了团的二届中央委员会提交大会审议的更改团的名称的建议后，通过了《关于将中国新民主主义青年团改名为中国共产主义青年团的决议》，以下简称《决议》。

《决议》指出：

由于新民主主义革命在我国绝大部分地区早已完成，社会主义革命也已经取得决定性的胜利，中国新民主主义青年团已经完成自己的历史任务，广大团员正在为把我国建设成为一个伟大的社会主义工业强国而辛勤地劳动着，并且把在将来实现共产主义当作自己崇高的理想。

在这种情况下，再把我们团的名称继续叫作中国新民主主义青年团已经不合适了。为了确切地反映我们团所担负的政治任务和广大团员的意志，大会一致通过将中国新民主主义青年团改名为中国共产主义青年团。

…………

为了继承和发扬我国青年运动的光荣传统，应该将改名以后团的全国代表大会和过去的中国社会主义青年团、中国共产主义青年团以及中国新民主主义青年团历次代表大会相衔接，依照次序加以排列，把下一次团的代表大会定名为中国共产主义青年团第九次全国代表大会。

大会还决定把解放前后的中国社会主义青年团、共产主义青年团和新民主主义青年团的历次代表大会衔接起来。

《决议》通过之后，又通过了新的共青团章程。并选出了共青团第三届中央委员会，选举胡耀邦担任团中央书记处第一书记。

中国共产主义青年团的正式命名与新的共青团章程的公布，是共青团历史性转变的一项伟大标志。

在这次青年团的盛会之后，青年团组织的名称从此正式改为"中国共产主义青年团"。

就是在党的领导下，用共产主义的精神教育青年一代，团结全体青年积极参加社会主义的建设事业，以便尽快地把我国建设成为一个伟大的社会主义工业化国家，为将来实现共产主义不断奋斗。这个全新的名称使中国青年的肩上从此担负了更加繁重和光荣的任务。

5月25日上午，大会胜利闭幕。毛泽东等20多位党和国家领导人接见了代表们，并和这些代表合影留念。

合影后，毛泽东代表党中央、国务院祝贺大会圆满成功，并作出了重要指示，鼓励青年人要勤奋学习，努力工作，攀登科学高峰，做好祖国的栋梁。

在青年团三大以后，共青团带领广大团员和青年怀着尽快改变中国"一穷二白"面貌的强烈愿望，积极地投入经济建设的各项事业之中，争做社会主义建设的突击队，争做战胜一切艰难险阻的生力军。

5月26日，共青团三届一中全会在北京举行。出席会议的有中央委员116人、候补中央委员35人。全会选出了胡耀邦等19人为团中央常委，胡耀邦为团中央书记处第一书记，刘西元、罗毅、胡克实、王伟、梁步庭、项南为共青团中央书记处书记。

1958年1月7日至21日，共青团三届二中全会扩大会议在北京举行。出席会议的中央委员和候补中央委员154人，306位中央和地方的团干部列席了会议。

中共中央副主席朱德到会作了重要指示。他说：

> 共青团在社会主义建设中应当成为青年的领导核心，应当以身作则。共青团的一切工作都是在共产党和政府的领导下搞的，这就叫正规化。在这个正规化之内，共青团是青年的领导核心，如果超过了这个范围，就不妥当了。

胡耀邦代表团中央常委会作了《共青团1958年的任

务》的报告。全会号召团的干部努力做到"四要四不要"：

不要个人主义，要一切为了党和人民的利益；不要骄傲自大，要提倡谦虚谨慎和自我批评；不要空洞浮夸，要做到切切实实，深入工作；不要消极懒惰，要发扬生气勃勃，勤学苦干的精神。

开展学习雷锋活动

1963年2月15日，共青团中央发出《关于在全国青少年中广泛开展"学习雷锋"的教育活动的通知》。

3月初，《中国青年报》和《人民日报》等报纸发表了毛泽东、刘少奇、周恩来、朱德、邓小平等中央领导人号召向雷锋学习的题词，学习雷锋的活动在全国青少年中迅速形成高潮。

雷锋生前是解放军沈阳部队工程兵某部运输连的班长，1962年8月15日在执行任务中不幸牺牲，年仅22岁。雷锋短暂的一生为青年树立了榜样。他热爱党，自觉地服从祖国的需要，全心全意为人民服务；他关心同志，助人为乐，艰苦朴素；他努力学习毛泽东思想，刻苦钻研业务技术，模范完成工作任务。由此形成了以全心全意为人民服务的崇高思想和艰苦奋斗的实干精神相结合的雷锋精神。

通过大力的宣传教育，雷锋事迹和雷锋精神迅速深入人心，广大青年提出了"学雷锋、见行动""像雷锋那样工作、学习和生活"等口号，在实践中深入学习和体会雷锋精神。

通过学习雷锋活动，促进了广大青少年思想觉悟的提高，在社会上出现了一大批模范青少年，爱民模范欧阳海、舍己救人的王杰、钢铁战士麦贤得等就是其中为人们所熟知的突出代表。

1963年11月18日,一列满载旅客的列车在急速行驶。这时一匹驮着炮架的军马受惊蹿上铁路,眼见火车就要与军马相撞。在这千钧一发的时刻,突然,一个矫捷的身影跃上铁路,奋力把惊马推出铁轨,避免了列车脱轨事故,保护了人民群众的生命安全,而这位战士却献出了年轻宝贵的生命。他就是广州军区某部三连七班班长欧阳海。

欧阳海出生在湖南省桂阳县莲塘区一个贫苦农民家里。他从小就经受了水深火热的痛苦生活。

1958年冬天,欧阳海光荣地加入了人民解放军。

一到连队,欧阳海就贪婪地读黄继光、董存瑞、刘胡兰等英雄的故事。英雄的形象经常在他脑海里出现。他渴望为人民立功当英雄,把自己的一生献给祖国。

在施工中,欧阳海积极苦干,扛木头,别人扛一根,他扛两根;别人一天跑4趟,他跑5趟、6趟;鞋破了,他光着脚干;脚板磨破了,他撕块旧布包着继续劳动;别人休息,他还在工作。提起欧阳海的干劲,连队干部说:"我们都不敢表扬他了,真是怕累坏了他呀!"因此,欧阳海入伍才三个月就加入共青团,并以出色的劳动第一次立下三等功。

欧阳海入伍一年后,就被提升为班长。为了搞好全班工作,他处处带头,拼命工作。5次射击,四次优秀;体育科目,上级要求单双杠完成三个练习,他提前完成7

个；学战术，他白天摸爬滚打，夜晚钻研教材，熟悉条令。班长的模范行动鼓舞了全班的战士，仅仅几个月的时间，他领导的四班就成为全师的战术标兵班。欧阳海第二次立下三等功。

部队参加修建铁路时，欧阳海正患着严重的腹泻病。领导决定让他在营房休息。他急忙到连部，恳切地要求："连长，我是党员，全连都去支援社会主义建设，我怎么能因为一点小病待在家里。"

连长关云贵架不住他再三恳求，终于批准他来到工地。铁路工程时间紧，任务重，为了加快工程进程，领导决定各排成立突击组，开展红旗竞赛。

动员大会上，欧阳海一把将红旗夺在手中："谁也别想把这杆红旗夺走！"他带领全组挑土，每人都是双担，来回都是小跑。

接下来的一个半月，红旗一直拿在欧阳海手中。工程进度天天上升，欧阳海却一天天消瘦下来，领导强迫他去住院休养，他硬"赖"在工地上不走。修铁路的任务提前完成了，欧阳海第三次立下了三等功。

欧阳海在工作之余，时时刻刻记着为人民做好事。

一次，他来到山区，执行砍竹任务。欧阳海要为山区儿童做点事，每天下工，尽管十分疲劳，他也要帮助教师批改作业，深夜不眠。

教师们看他一笔一画，写得特别工整，劝他说："鸡快叫了，白天你还要劳动，稍微草一点不要紧。"欧阳海却答道："写潦草了，孩子们看不清啊……"

一个星期天，欧阳海在外出的路上，看见一位60多岁的老大爷吃力地挑着一担茅草，他急忙赶上前接过担子。一口气跑了5公里路，帮老大爷把茅草送到家。

以后，星期天他经常等在路口，帮助老大爷挑柴。如果哪一次他去晚了，老大爷自己把柴挑回家了，欧阳海就像没完成任务似的，心里很不安。

一天下午，欧阳海在探亲时，路过东山大队时，忽然看见前面井台上，一个10多岁的小女孩连哭带喊："救人哪，救人！"原来，女孩只顾洗菜，小妹妹失足落井了，正在冷水中挣扎。欧阳海不顾井深水冷，井壁黏滑，下到井下，救起了小姑娘。

一天，村里的人们正在田间劳动，欧阳增玉家突然起了火。火烧着了干稻草，条条火舌，顺着木柱子，呼啦啦地蹿上了阁楼。欧阳增玉的老母亲腰腿不灵，烟熏火燎，哪里逃得脱！

正在这时，欧阳海赶到了，他迎着浓烟烈火钻进房里，背出欧阳增玉的老妈妈。随后又返身猛扑进去，用手抓起燃烧得噼啪作响的稻草，扔出屋外。火熄了，欧阳海的眼睛熏得血红，手烧起了大泡，痛彻全身。

这种全心全意为人民服务的精神，贯穿了欧阳海的一生，也正是这种革命精神，把他带到了辉煌的顶峰！

1963年11月，连队准备出发野营。动员会上，欧阳海对大家表示决心说："野营是对我们每个战士的考验，我和七班保证完成党交给的任务。"

他是党小组长，动员会后他又召集党员开会，对大家说："每个党员在行军中要起带头作用，在困难的情况下，要挺身而出！"

18日清晨，欧阳海随着炮兵连进入了峡谷。突然，不远处，两山缝隙里，冲出一列火车。霎时，山谷轰鸣，大地颤动。列车驶近了，炮兵连一匹胆小性躁的马，骤然受惊，背着高大的钢铁炮架，疯狂地蹿上铁道，横在路中，竖耳瞪目，瑟瑟发抖，死活不动。

奔驰而来的列车距离驮着炮架的战马只有40米，眼看就要闯下大祸！欧阳海以异乎寻常的敏捷毫不犹豫地冲上铁轨。他全然不顾冲撞而来的巨大列车，使尽全力把吓呆了的牲口猛地往轨道外面推了出去。欧阳海身受重伤俯卧在轨道外侧的沙石上。

副班长曾阶锋和战士李甫生急忙把欧阳海抱在怀中。火车冲滑了300米后停了下来，司机张世海和王治卫马上向英雄倒下的地方奔来。他俩拉住曾阶锋的手激动地说："快救救这个伟大的战士，是他救了几百名旅客的生命啊！"

欧阳海舍身救火车的英雄事迹像风一样飞快地传遍了衡山县城。欧阳海因身受重伤，经抢救无效，为保护国家财产和人民的生命安全献出了年轻的生命。

1964年，中国共产党广州军区委员会追授他"爱民模范"荣誉称号。同年1月22日，中华人民共和国国防部命名他生前所在班为"欧阳海班"。朱德、董必武、贺龙、徐向前、聂荣臻、叶剑英等党和国家领导人分别题词，高度赞扬他的英雄行为。

学雷锋模范战士王杰，1942年出生在山东金乡县一个普通的农民家庭。1961年8月，王杰参加了中国人民解放军，被分配到装甲兵某部工兵连。1962年2月，他加入中国共产主义青年团。

他以雷锋为榜样，从"微不足道"的小事做起，处处以身作则。在长途行军中，他主动关心新战友，帮助新同志扛枪、背背包；在抗洪救灾中，哪里危险他就冲向哪里；在施工中，哪里有重活，他就奔向哪里。他用自己的行动实践自己"一不怕苦，二不怕死"的誓言，入伍以后，连续三年被评为五好战士，两次荣立三等功，多次受奖，被评为模范团员。

1963年8月，他参加了某地的抗洪斗争。一天夜里，上级命令他们到木料场去抢运木料。场子被茫茫的洪水围困着，必须首先派一个尖兵探出一条安全的路来，大家才能顺利进场。

王杰抢先要求担负了这项战斗任务。他在齐胸的水中探索前进，好几次掉进没过头顶的深坑。在寻找进出口时，他腿上、手上被在水下的铁丝网划成道道血痕，但为了顺利完成抢运任务，他把这一切完全置之度外。他这种奋不顾身、迎难而进的精神，使战友们受到了极大的鼓舞和教育。

"哪里有困难，哪里最危险，哪里就有王杰。"这是一连同志对王杰的评语。

冬训中，是他带头跳进结冰的水里打桩架桥；施工时，突然暴发的山洪卷走了物资，又是他第一个奔去抢救；爬高空、钻猫洞进行爆破，也总是他担着风险抢先去装药、放炮；有时发生哑炮，仍然是他争先恐后地去排除。王杰就是用此类平凡而闪闪发光的动人事迹，实现了他的英雄志愿。

1965年7月14日清晨，王杰和往常一样，查完岗回到驻地，把班里的每个洗脸盆打满了水，看了看还在熟睡的战友们，怀着愉快的心情，与三班长陈学义一起，朝驻地人民公社民兵训练场走去。

帮助民兵训练爆破技术，是连里交给王杰和陈学义两人的一项任务。王杰和陈学义一到训练场地，就受到民兵们的欢迎。

试爆作业开始了。民兵们围在四周，王杰一面细心地操作，一面认真地讲解。他用铁锹把绊线固定起来后对大家说："埋设地雷一定要保证安全，防止线被触动。"

试爆设置停当以后，他又详细地作了最后一次检查。就在这时，简易瞬发引信的拉火管突然颤动了一下，一瞬间地雷就要爆炸！怎么办？叫大家迅速散开卧倒是来不及了，对于一个有经验的爆破手来说，如果他立即向后一仰，倒是有可能保住自己的生命安全，但是，身旁还有12个兄弟呀！就在千钧一发之际，民兵们只见王杰两手一张，猛然扑在地雷上……

王杰同志壮烈牺牲了。但是，他却以自己的身躯保护了12名兄弟的生命安全。王杰同志舍己救人的英雄事迹，在群众中广为传颂，他的精神已形成了一股无形的巨大力量，激励着人们，推动着人们。

根据王杰生前的愿望，部队党委追认他为中国共产党正式党员。党和国家领导人毛泽东、周恩来、朱德、叶剑英、董必武亲笔为王杰题词。毛泽东的题词是：

> 我赞成这样的口号，叫做'一不怕苦，二不怕死'。

周恩来的题词是：

> 座座高山耸入云，我们施工为人民。不怕工作苦和累，愿把青春献人民。

这个题词摘自王杰日记。

中国人民解放军总政治部、全国总工会、共青团中央、全国妇联先后发出通知，号召全国军民向王杰学习。

学习雷锋活动的持续开展，对树立一代新风，培育一代新人产生了深远的影响，雷锋精神也成为中国人民的宝贵精神财富。这项活动也成为我国全民性的历久不衰的活动。

三、共青团的光辉象征

● 中华人民共和国成立后的第一个五四青年节,首都9万多名团员、青年举行盛大游行。鲜艳的团旗,第一次展示在游行队伍的前列,迎风飘扬。

● 当天,郑荣时就找到《中国青年》杂志的美术编辑李国靖,向她传达了罗毅的意见和要求,并请李国靖看了经过挑选的设计图样。

● 苦苦思索中,胡宏伟仿佛看到五月的天安门广场,鲜花盛开,生机盎然。

共青团团旗的诞生

1950年4月28日,青年团团旗正式诞生。

1950年5月4日,在五四运动31周年之际,青年团团旗由团中央委员会正式颁布。

青年团团旗是团的性质和任务的象征。青年团的团旗,是毛泽东、周恩来等亲自审定的。

1949年4月,中国新民主主义青年团第一次全国代表大会在北平召开。

在大会上,团员代表们提出应有一面青年团自己的旗帜。这个提议被大会采纳,团中央立即作出了制定团旗、团徽、团歌的决定,并在大会结束后立即着手办理。

1949年5月15日,《人民日报》头版上刊登了《征求团旗、团徽、团歌启事》。这条启事在社会上引起了很大反响,大家热情很高,社会各界人士都纷纷参与。

在一个多月的时间里,团中央收到各地团组织团员青年和各界人士设计的100多种团旗图案。

团中央将这些应征的团旗图案公开陈列,广泛征求意见。经多方评选和几度修改,最后挑选了几种式样于1950年4月报送党中央审定。

1950年4月28日,毛泽东、刘少奇、周恩来等党中央领导作出了批示。毛泽东在其中一个团旗式样上批示

"同意此式"；周恩来也在同一式样上批示"同意这个"，并指出"须将金黄色圆圈及五角星移放下一点，置于红旗四分之一的中间"；刘少奇的批示是"这个好"。

团中央根据周恩来的意见，当即作了修改，并作出关于颁布团旗的决定。

1950年5月3日，团中央在《人民日报》上发表了关于颁布团旗的决定，还在头版套红登出了团旗图样及制法，团旗由此而诞生。

团旗为长方形，长与宽的比例是3∶2。通常用的有三种尺度：长288厘米、高192厘米；长192厘米、高128厘米；长96厘米、高64厘米。

团旗的式样和使用，在《中国共产主义青年团团章》第七章第三十条中规定：

> 中国共产主义青年团团旗旗面为红色，象征革命胜利；左上角缀黄色五角星，周围环绕黄色圆圈，象征中国青年一代紧密团结在中国共产党周围。团的重要会议以及团日活动可以使用团旗。

1950年5月4日，中华人民共和国成立后的第一个五四青年节，首都9万多名团员、青年举行盛大游行。鲜艳的团旗，第一次展示在游行队伍的前列，迎风飘扬。从此，一代代青年团员绚丽的青春风采在团旗下尽情飞扬。

共青团团徽的设计

1959年5月4日,共青团中央颁布了《中国共产主义青年团中央委员会关于颁布中国共产主义青年团团徽的决定》:

今天是五四运动的四十周年纪念日。中国共产主义青年团中央委员会决定在这个中国人民和中国青年的光辉节日颁布中国共产主义青年团团徽。

中国共产主义青年团团徽,是中国共产主义青年团的标志。它象征着中国共产主义青年团,在中国共产党和毛主席的领导和亲切教导下,紧密地团结全国青年,高举社会主义和共产主义的旗帜,朝着党所指引的方向奋勇前进;它象征着中国青年一代继承中国人民的革命传统,发扬艰苦奋斗的精神,永远忠于祖国,忠于人民,朝气蓬勃,努力向上。

中国共产主义青年团中央委员会号召每一个共青团员,都要爱护自己的团徽,维护团的荣誉,积极工作,努力学习,团结群众,以自己的模范行为表明无愧于共青团员这一光荣称号。

中国共产主义青年团团徽的内容为团旗、齿轮、麦穗、初升的太阳及其光芒和写有"中国共青团"五字的绶带。

团旗的旗面和绶带为红色，团旗上的五角星和环绕它的圆圈、旗边、旗杆、齿轮、麦穗、初升的太阳及其光芒、"中国共青团"五个字都为金色，象征着共青团在马克思列宁主义、毛泽东思想的光辉照耀下，团结各族青年，朝着党所指引的方向奋勇前进。

共青团团徽的设计者是谁呢？

共青团团徽从设计指导思想到构图都经历了一个集思广益、逐渐完善的复杂过程，无法以一个简单的结论明确哪一个人是团徽的设计者。

团徽的设计讨论开始于1955年9月。

1956年4月，团中央向各级团组织征集包括团徽在内的团旗、队旗、团歌、队歌、队徽的设计图样和词曲作品，同时，还通过当时的中国美术家协会副秘书长钟灵在部分专业美术工作者中开展征集工作。

至1956年10月底，团中央收到18个省市约200多位作者寄来的近600件团徽、团旗、队徽设计稿。之后，又在部分省市团组织内和部分美术工作者中继续征集团徽设计图样。

在1957年2月，团中央召开的团省、市委书记会议，当年5月9日团的二届五中全会和5月下旬举行团的第三次全国代表大会上,曾将设计图样展出以征求意见,但是,代表们都认为没有令人满意的作品。

1958年,根据一年多来征集团徽设计的实践,团中央书记处和宣传部的领导已形成了一定的想法。

一天,团中央书记处负责此项工作的罗毅书记将团中央宣传部干部郑荣时叫到办公室,谈了书记处对团徽设计的想法,并嘱咐他找《中国青年》杂志社的美术编辑综合几个设计图案的长处,拿出一个新的设计图样来。罗毅当时还特别具体地对几个可供参考的图样谈了看法。

当天,郑荣时就找到《中国青年》杂志的美术编辑李国靖,向她传达了罗毅的意见和要求,并请李国靖看了经过挑选的设计图样。

很快,李国靖向团中央宣传部交了3幅设计图。这3幅设计图经团中央书记处讨论后,决定刊发于1958年第8期《中国青年》杂志封底,向全团进一步征求意见。

1959年初,罗毅又通过郑荣时将李国靖找到了自己的办公室,向他们谈了修改意见:"经征求意见,大多数人认为第一个设计图样较好,但也有不足,即应把第二个图样上写有'中国共青团'5个字的绶带放到第一图样中去,而团旗则应参照第三图样的方案进行修改,使团旗有飘动感。"

李国靖回去按照团中央宣传部的意见进行了修改,很快就拿出标准图样和说明。

1959年4月29日，当时的团中央书记处第一书记胡耀邦，把李国靖画成的标准图和根据这个标准图制作的样章，送请党中央审议，并给中共中央书记处候补书记刘澜涛同志写了报告，提出要在5月4日公布团徽的建议。

1959年4月30日，刘澜涛将此报告批呈中共中央总书记邓小平。

当天，邓小平阅后批示：

> 刘、周、彭阅后退耀邦，拟同意五月四日公布。

接着，刘少奇、周恩来、彭真圈阅表示同意。

在1959年5月4日，《人民日报》和《中国青年报》同时刊登了中国共青团团徽图样及团中央发布的《关于中国共产主义青年团团徽的说明》。

可以说，团徽的设计是全团上下和团内外热心参与者集体智慧的结晶。

不过，在团徽设计中，有两位团徽设计者的贡献尤其突出。其中一位是当时《中国青年》杂志的美术编辑李国靖，她是团徽设计的最后完成者。

还有一位是中央美院实用艺术系的教师常沙娜，她在团中央刚开始征集团徽设计图时，就积极参加工作。她设计的图样颇有特色，她的设计，部分内容在定型的团徽中也有体现。

因为团徽是集体创作的结晶，所以原定要发给团徽设计者的500元奖金，在团徽设计定稿后也没发出。

在团徽设计征集工作基本结束时，为了向积极参与团徽设计工作的人表示感谢，团中央给他们，连同参与团旗、队旗、队徽及团歌、队歌创作的人每人一本硬皮笔记本和一份统一印制的表示感谢的公函。

共青团团歌的选定

中国共产主义青年团第十二次全国代表大会 1988 年 5 月 4 日至 8 日在北京举行。大会通过了《关于确定代团歌的决议》，把《光荣啊，中国共青团》定为中国共产主义青年团代团歌。

在 1952 年、1954 年、1956 年、1978 年，团中央都曾先后征集过团歌。这期间也有人提出选取历史歌曲作为代团歌，但由于种种原因均没能成功。

1978 年 2 月 10 日，团中央又向全国各地发出"关于征集团歌的通知"。

通知要求应征的团歌"能够体现共青团为实现全国人民的共同理想奋发进取，建功立业，为社会主义现代化建设贡献青春和力量，做有理想、有道德、有文化、有纪律的优秀青年的精神风貌"。歌词、曲调要求形象、生动，富有感染力，易于流传。作品形式最好是齐唱、合唱。

征集团歌的通知发出后，在全国引起较大反响，从大江南北到边防海疆，形成了征集团歌的热潮，得到广大团员、青年的热烈拥护和社会各方面尤其是音乐、文学艺术界的热情支持。

大批团员、青年、团的组织和专业音乐工作者都投入了这项工作。到截稿日期，共收到应征作品 5300 余件。在公开征集团歌的同时，团中央又邀请全国各地 300 多位词曲作家进行了创作。

当时，沈阳军区前进歌舞团副团长胡宏伟，刚从沈阳音乐学院音乐文学系毕业返回歌舞团。他在《中国青年报》上看到征集《团歌》的启事，顿时热血沸腾。

胡宏伟 16 岁入团，22 岁在部队入党，他一直在团组织做宣传工作，让他深感遗憾的是，国家有国歌，少先队有队歌，而共青团一直没有自己的团歌。

当时，胡宏伟已经创作了闻名全国的《长江之歌》。这时，他正处于创作激情之中。他说干就干，一口气拿出了五六个方案，但都不满意。

整整一个月，胡宏伟茶饭不思，埋头创作，却一直找不到感觉。苦苦思索中，他仿佛看到：五月的天安门广场，鲜花盛开，生机盎然。胸怀远大理想、浑身充满朝气的青年一代们，用青春拥抱时代，用生命点燃未来的博大胸怀……

这时，胡宏伟的灵感来了！4 天后，胡宏伟将《光荣啊，中国共青团》的歌词改定后寄到《中国青年报》。

1987 年 10 月 3 日，《中国青年报》刊登了 10 首从全国 5300 首应征歌曲中选出的团歌候选作品，胡宏伟的词排在第一位。

评审团歌的工作进行得认真细密。在中国音乐家协会的协助下，邀请了中国音协《歌曲》编辑部、《词刊》

编辑部、《音乐创作》编辑部、《广播歌选》编辑部、《解放军歌曲》编辑部的有关专家组成初评小组,对应征作品进行了两次初选,确定17首应征作品提交评审委员会。

根据团中央书记处意见,在评审委员会组成人员中增加了青年和团员干部比例,即基层团员、青年代表和团干部代表、音乐界著名专家各占三分之一。同时邀请了中宣部、文化部、中国音协、广播电影电视部等有关部门代表参加评审委员会。经无记名评分方式,评选出10首优秀作品。

接着,团中央在北京、沈阳、哈尔滨、石家庄等地召开座谈会,听取了团员、青年、团干部及音乐艺术界专家的意见。

同时,《中国青年报》、中央人民广播电台组织了群众性的"共青团之歌评选活动",从推荐的10首歌曲中评选出三首歌曲。评选结果共收选票67402张。《我们是明天的太阳》得票27908张,《共青团员之歌》得票24001张。评选结果,前两首与评审委员会评分顺序一致。

根据评审委员会的评审意见和评选结果,建议对《我们是明天的太阳》《向着共产主义理想前进》《共青团员之歌》等歌曲继续进行修改提高,然后提交共青团十二次代表大会审议。

经团中央党委会讨论,确定将《光荣啊,中国共青团》即由胡宏伟作词、雷雨声作曲的,原名是《我们是明天的太阳》,以及瞿琮作词、宗江作曲的《向着共产主义理想前进》两首歌作为团歌候选作品。

在1988年5月8日召开的中国共产主义青年团第十二次代表大会上,经投票选评,《光荣啊,中国共青团》正式定为中国共产主义青年团代团歌。

代表们认为,由胡宏伟作词、雷雨声作曲的《光荣啊,中国共青团》歌词生动形象,词意简洁,概括性强,有较强的历史感、责任感,团的特点突出。曲调采用大调进行曲式,庄重严肃,适合群众演唱。

《光荣啊,中国共青团》的歌词如下:

我们是五月的花海,
用青春拥抱时代;
我们是初升的太阳,
用生命点燃未来。
"五四"的火炬,
唤起了民族的觉醒。
壮丽的事业,
…………

2003年7月22日至26日,在中国共产主义青年团召开的第十五次代表大会上,《光荣啊,中国共青团》被正式定为中国共产主义青年团团歌。

共青团节日的确定

1939年"五四"前夕,陕甘宁边区的西北青年救国联合会规定5月4日为中国青年节。

当时,延安的青年联合会向全国青年发出倡议,为了继承和发扬五四运动以来中国青年光荣的革命传统,定"五四"为中国青年节,此建议得到各地青年团体的同意。

但是,当时国民党政府不同意这个规定,后来被迫同意了。不久,他们又改定"3月29日"为青年节,"3月29日"是1911年辛亥革命前夕的黄花岗起义,72烈士牺牲的日子。

不过,当时,在党领导下的边区政府一直把"五四"定为青年节。

1949年新中国成立后,在12月23日,中央人民政府政务院正式宣布5月4日为中国青年节。

因为,"五四"精神本身就蕴含着一种崇高的责任感。"五四"时期,中华民族的命运风雨飘摇。正是凭着一种对民族命运的责任感,中国青年勇敢地走上历史舞台,投入到彻底的不妥协的反帝反封建斗争中,发挥了先锋作用。

正是基于五四运动中觉醒了的责任感,一批优秀青年为挽救民族危亡而上下求索，终于找到了马克思列宁主义，开始了改造中国的革命实践。

为了纪念在五四运动中牺牲的先烈，继承和弘扬五四精神，在五四运动以后，每年的青年节期间，中国各地都要举行丰富多彩的纪念活动。青年们还要集中进行各种社会志愿和社会实践活动，还有许多地方在青年节期间举行成人仪式。

中国共产主义青年团在中国共产党领导下发展壮大，始终走在历史的前列。

中国共产主义青年团在建立新中国，确立和巩固社会主义制度，发展社会主义的经济、政治、文化的进程中发挥了生力军和突击队作用。共青团为党培养、输送了大批新生力量和工作骨干，为推进社会主义现代化建设事业作出了重要贡献，并为促进青年一代的健康成长起了重要作用。

本书主要参考资料

《国史全鉴》 本书编委会编 团结出版社

《共和国五十年珍贵档案》 中央档案馆编 中国档案出版社

《中国现代史资料选辑》 彭明主编 中国人民大学出版社

《青年团的初建》 何启君等著 中国青年出版社

《共青团1958年的任务》 中国青年出版社编 中国青年出版社

《共青团的支部工作》 曲辰生编写 中国青年出版社

《青年的榜样》 中国青年出版社编 中国青年出版社

《光辉的榜样》 本书编写组编 中国文史出版社

《青年毛泽东》 高菊村等著 中央党史资料出版社

《荒原上的足迹》 李眉主编 北京师范学院出版社

《中国革命史丛书》 郭沫若编 新华出版社

《我的父亲任弼时》 任远志著 辽宁人民出版社